孔聖堂詩詞集

楊永漢 主編

孔聖堂詩詞集總序

中庸曰：「惟天下至聖，為能聰明睿知，足以有臨也；寬裕溫柔，足以有容也。」寬裕溫柔，所以興仁也。《詩．大序》云：「詩者，志之所之也。在心為志，發言為詩，情動於中而形於言。言之不足，故嗟歎之；嗟歎之不足，故詠歌之；詠歌之不足，不知手之、舞之、足之、蹈之也。」詩之所以動人情者如此，乃文人學者所不能棄也。詩之興，肇基邃古，擊壤文王，亦風亦雅。言志緣情者，瀝思殫力，為構佳辭；纏綿鴛鴦者，冰心霜雪，為譜新聲，皆本乎人之性情。去歲余忝居孔聖堂中學校長之職，適值甲子之慶，上下欣然。故細翻陳典舊記，以追思前賢。忽睹梁校長隱盦先生遺稿，諷誦再三，感其情之眞切。諷喻時世，觸境留情，道意玄風，釋禪儒教，懷人傷物，可謂目不暇給。先生多病，辭每堙鬱，其志未遂乎？物換星移，人事倥偬，竟有隔代相知之感。後遍訪梁校長故舊，並徵得孔聖堂舊友新盟詩詞若干，如麥友雲先生、關應良先生等，集而成篇，以誌六十周年之盛。吾校奉儒家之精神，推行教育，子曰：「入其國，其教可知也。其為人也，溫柔敦厚，詩教也」。詩學，乃德育性靈培養之本。詩者可以興情而節欲，對境生感，對物懷人，此亦仁之源也！

癸巳年小雪楊永漢序於加路連山麓孔聖堂

目次

嶼山唱和集

著衣集

無端集

雲外樓詩詞集

雲外樓詩

雲外樓詞

樵山詞鈔

小詩一百首

松風歲月

甲部詩鈔

己未詩艸

庚申詩艸

辛酉詩艸

寢書樓詩詞

寢書樓詩

少年詩草

留英詩草

寢書樓詞

隱盦詩稿

作者簡介

梁隱盦先生（1911-1980），廣東順德人，著名教育家，精研佛家、儒家思想。曾與羅時憲、劉銳之諸先生創立「三輪佛學社」，一九六六年成立「明珠佛學社」，提倡佛學。一九六七年出任孔聖堂中學校長，即竭盡所能，籌劃發展建設校務，協助窮困學生升學。課餘即推廣儒學及中國文化，先後舉辦國學研習班、中英翻譯班，徵文詩詞對聯等活動。出版《孔道專刊》，邀請碩學名宿撰文，以發揚孔學。隱盦先生雖是佛學名家，惟其知世道人心之教化，實以儒學爲軸，故不遺餘力，推動儒家思想。其對孔學、佛學及中國文化之傳揚與繼承，實功不可沒。著作有《隱盦詩稿》、《佛學十八講》，及《佛學課本》等。

隱盦詩集序

屋廬燈暖林端流璧月之輝輪
鞅人來袖底出松風之集謂中人
哀樂同謝傅之中年過眼雲烟
有蘇髯之往事將鳩前詠畧諗
兒曹不無鴻爪之留即此牛腰之來
觀其寶蕤千行金荃百帙幽恨則

冰弦訴斷華年抽錦瑟之思悲涼則鐵馬夢回壯士下銅琶之淚付荅通於春夢同此一場借藻鏡於秋聲別傳三昧雖工殊雪鏤而韻入霜鐘信手投林之鳥控地猶鳴旋渦之瀾赴谷如應夫夷險之地不一歌詠之境斯殊集菀枯而喑鳴異者

揆乎勢也順離合而悲懽別者豁
乎情也隱盦鄉兄倚馬清才靈
犀妙悟早參虎龍旋擬鳳毛中
歲流離哀江南而草賦異鄉旅食
奉堂北之萱悴幾困魚登遂甘燕
頊門栖濠鏡松山之風月可人峯
鐃香爐蓮海之波濤如接下銅駝

荊棘之會素髮催愁指金猴萍梗之年丹心猶熱往々舒懷命筆即事成篇此流人之詩也既而考槃寤宿衡泌棲遲陶謝忝蓮社之遊嵇阮共竹林々賞爾其林籟結響蘭若叩寂稍呼朋侶妙荅山靈耽吟則山水方滋放浪則朋簪雅

盡昂平初日照康樂之芙蕖大與
餘霞散玄暉之綺練用以廣污縈
積淨拭啼痕心貯雪而愈清去染
花而始妙此文人之詩也蓋闡非非
想處現彈指之華嚴倏倏劫中
見大千之世界漏因已盡徐悟無生
演法隨緣即談空色隱盦慧根

夙植來從兜率天宮華鬘高懸重入維摩丈室則有名借祇洹事歸風雅知周十地神接萬靈妙語無煩鉥心真言異乎鍱腹鏡花水月商略乎翡翠蘭苕墨雨毫烟搖曳於薔薇芍藥情深者以善出而能入玄解者得象外之環中七

寶天衣著而無任一時雪和併作有情集中有一時四十首和楕堂和尚韻藉文字之維耶顯眞俗之義諦此又禪人之詩也至若麻衣泣血重念含霜負雪之辰春草辭暉永謝愛日望雲之領心惸〻其在疚惘〻其無端獨為鮮民銜索有枯魚之泣去寡兄

第煮粥同司馬之誠篇廢蓼莪集惟苦蘗理繭絲之年月亂緒偏多賸鴻案之容顏相莊如舊青壇長物收研閱於塵勞白學餘閑歸紛華於平淡心燈原寂火武扇其長明寶筏誕登舟乃轉戚不繫綜平生之百感對此茫茫覺

心物之交融抽惟乙乙蓋至是而不自知所由發興亦不鮮何以名詩也嗟夫駒光電謝鯷海波飛同此旅人翻逾廿稔晏嬰之宅近市曾比德鄰馬祖之喻磨磚頗饒雅詠（集中君有和予磚字韻詩）始綢繆於講席遂託雲龍繼肴核於道腴兼資孔釋

尤喜尚平頗了元季聯肩鼻祖耳孫世葆叔奐之孝友伯歌季舞共刋劉鶚之詩文元劉鶚惟實集為其子遂述兄弟及生所輯刋編目分乎甲乙丙丁跋尾具乎封胡羯末數辛壬之兩度松竹書年晉甲子之二齡桑榆非晚此後人稱四妙亭築三休庚猶於鬢絲

禪榻之間脫略於獅吼潮音之跡
異蛩吟之歲月歛退哀音如蚓竅
之為虛吐喻天籟又一境也進寧道
矣屬承石友謙誘弁言宰落心期
低徊目論所願智珠在握度君以
慧業之慈航還期氣海常春遲
我作續編之粃導壬子仲冬之月

順德蘇文擢篡書

自序

余甫十齡，出就外傅，從羊石梁藹桐先生遊。每課楚騷及六朝辭賦，輒加教誡。以爲亡國之音哀以思，不宜陶醉，心常識之。其後就讀洪凌合館。凌孟征先生長於史學，洪揚先生擅駢驪詞章。故治學之餘，雅耽吟詠。雖懔於藹師之訓，而對境抒情，往往莫能自已。十年遊學，十七年軍旅生涯，二十餘年，吟稿盈帙。可惜抗戰軍興，先則佗城焚掠，廬舍坵墟；繼則香江陷敵，逃竄北歸。曲江、龍南諸役，更身歷圍城，蕭然囊橐。復員三載，又再域外投荒，幾度有家都淪破毀，藏書存稿次第蕩然。此後隨陽哀雁，炊釜游鱗，境遇情懷異於曩昔。當年風華酬酢之辭，即使倖存回覽，亦徒增傷感已耳。雖盡散失，曾何足惜？歐陽子有云：「詩窮而愈工」。余固窮矣，而詩不工。然雖不工，當其偃蹇偪塞，憂感排奡，人所不解，己莫自喻之時。絲吐春蠶，縱橫紙上，亦未嘗不可，稍宣鬱積。聊以自娛匪求工拙也。旅食廿二年，辛壬兩歲，僕僕鏡海爐峰間，所得句別爲辛壬集。與詩僧文友，徜徉大嶼昂平，暮雨朝暾，幾年酬唱，別爲嶼山唱和集。委吏乘田，負薪事畜。自癸巳至壬寅又九年，別爲著衣集。青氈苜蓿，作長群童，老母終堂，頓感虛寂。自癸卯至辛亥亦九年，別爲無端集。大都段段里程絲絲意識，雖疏狂結習，點滴難除，而豪氣少年，銷沉殆盡。孤懷一往，故我依然。今夏病起，刪錄手抄，得七百餘首，集成一卷。哀樂中年，自擬冥思回想，光景流連，曾不欲以示人。適兒輩見而喜之，欲存老人手澤，且擬於韻外詞中。稍得體會老人心境，請以影印，各手一冊，因笑而許之。大抵儒、釋之道，可以修身而無用於末世。拈韻永言，可以遣懷，而無益於功業。余讀儒、讀佛，既無用於時，又無益於世。剩欲修身，終覺扁舟孤海；剩欲遣懷，其如懷不可遣何！姑了兒輩願，於付印之日，並以爲序。

壬子夏六月狂風怒雨之晨順德梁隱盦於香港嘉路連山麓月華樓

辛壬集

賈訥夫署

自序

已丑中秋，羊石日移星換。遂奉母遷廣濠江，旅居三載。間復僕僕香墟峰下，離憂窮病，莫可告語。往往於無可奈何之際，抒抑結難已之情，托諸吟詠。辛壬兩歲，得律絕若干首，因搜錄之，名曰辛壬集。自愧乏經世術，無所用於時，澤畔行吟，洋場躑躅，取此餘生。歷歷迷離詭變之奇觀，喓喓冷暖酸鹹之滋味。固已雄心鷗鷺，壯志蒿萊，垂垂暮矣。存此一段里程，聊以自娛云爾。

癸巳立夏日隱盦拜識

西環

（一）

壚峰昔作客，歸夢繞西環。萬頃金波月，千重碧海山。濕雲籠倦網，細浪逐垂綸。燈火南灣路，臨風醒醉顏。

（二）

孤雁隨陽去，經秋冬又來。居家仍作客，濟世本無才。薄海風雲急，胡營鼓角哀。

青山應笑我，何似在蒿萊！

（三）

朱樓臨大道，綠樹傍長堤。月滿潮聲壯，夜深人語低。不知蝦蟆鼓，時有鷓鴣啼。行腳依稀認，西環路更西。

（四）

夜夜西環路，相思寄水湄。白鷗盟在否？青鳥訊來遲。野草驕顏色，微風拂鬢絲。小樓殘月下，依舊夢闌時。

君錫先生周年祭

舊史重翻廿七篇，嚴師益友兩忘年。肯隨末世矜名節！悔擲餘生付計研。說項未酬知己願，依劉終負昔時賢。子皮去後難為善，淚洒新碑夕照邊。

闒閱當年有盛名，而今始信盜虛聲。依稀北里流離苦。不盡西河慟哭情，死獨無言心了了，責如可貸意縈縈。已聞海外啼雛鳳，稍慰重泉老向平。

遂初小賦築東山，海角栖栖更不還。忍見沉淪先瞑目，不逢清算莫愁顏，愛遺異室情何補，夢結芳鄰意自閒。留得一坏乾淨土，半弓新月照荃灣。

知我多於我自知，平生謹慎亦吾師。愧無一得猶千慮，未足多疑獨三思。客裡使君愁欲絕，途窮孺子悵何之？人間佛面今安在？午夜魂歸入夢遲。

題畫

微聞海上波濤惡，好向磯頭一繫舟。賸有片帆風訊急，栖栖未許逐東流。

題雙白鵝

換經往事記依稀，草徑淒涼舊侶非。料得珠江風雨夜，天涯應有夢魂歸。

四十述懷

離合悲歡四十年，自慚形影尚依然。悔教不被聰明誤，我誤聰明卻可憐。
一枕春婆夢已醒，落花時節杜鵑聲。隔牆粉蝶蹁躚舞，依舊相隨影與形。
雁陣南飛急暮天，黃花零落晚風前。昨宵無那思鄉夢，珠海濤聲接枕邊。
萬里乾坤一望收，百年身世幾時休。繁花不耐罡風急，忍看凋零逐水流。
難從絮果悞蘭因，不問蒼生問鬼神。喚澈鷓鴣行不得，轆轤心事總塵塵。
我向天涯覓放心，放心歸去自沉吟。業緣欲了渾難了，了卻緣時業卻深。

感事

英雄成敗總難論，東顧倉皇恥獨存。已見鬩牆甯友敵，未應委地任封豚；秦強忍聽包胥哭，魯難猶聞慶父專。莫問延平興替跡，三山城闕近黃昏。

拓土開邊氣象新，風流人物竟何人？豈能富國唯征賦，不願親仁獨善鄰；海角君臣難復漢，關中豪傑欲亡秦。風淒月暗星明滅，幾處霜寒鶴唳頻。

海澨遺民澤畔吟，霓旌東望望雲深。蕭疏夜雨知秋意，斷續寒潮撼客心；歷劫滄桑成幻覺，等閒身世自浮沉。回巢燕子催歸去，泥落梁空何處尋？

松山雜詠三十首

如珠宿露掛林梢，破曉登臨霧未消。一片微茫天水白，松濤隱約雜寒潮。
松山唯有萬株松，綠草紅花細細風。砌路迴旋環四面，巧將人力勝天工。
曙色雞聲曉思閒，焯公亭畔試憑欄。半山濃霧燈明滅，疑是螢飛草樹間。
腳下風帆片片飛，昨宵鄉夢記依稀。紅棉欲放春將暖，陌上何當緩緩歸。
高塔巍峨夜放光，南天燈火照重洋。百年曆書風波惡，肯與煙霞共短長。
雨過青山分外嬌，欣欣生意總難描。春雷昨夜初驚蟄，虎嘯龍吟不寂寥。
綿綿春雨細如絲，帶得東風料峭吹。池畔青蛙枝上鳥，幾聲撩亂故鄉思。
日日陰霾不放晴，雨餘山路尚泥濘。亭前小立聞鳩喚，怕見平原柳色青。
喜鵲迎人報曉春，欲隨松竹結芳鄰。不因冷暖嬌顏色，翠葉青柯態自新。
日日山頭更水邊，煙波蕩漾醉心弦。從今了卻當年願，白浪青峰恣意憐。

血花灑遍紅棉樹，厎事春歸帶血腥。千古風流人事改，浪花如舊湧孤城。

一片鴻蒙霧漫天，身心形意幾飄然。茫茫下視如雲海，我亦雲中世外仙。

人從山外看濃霧，我在山中霧裡看。霧自迷離人自幻，世情恰向此中觀。

陣陣東風帶霧飛，冰綃飄蕩是耶非。樓臺隱約鄰仙闕，路斷雲封未許歸。

今日東風欲放晴，煙銷霧斷曉山青。紫荊樹樹花紅淡，夢到臙脂淚已零。

匝旬細雨長新芽，夾道棠梨盡著花。幾樹黃鸝聲百囀，傳將好語報春華。

天末能留一線光，濕雲低壓霧微茫。群雞不耐陰霾苦，猶自啼聲喚旭陽。

一派紅霞萬道光，層波疊水湧朝陽。忽然幻作黃金鏡，捧向天孫理曉妝。

遠山如黛水漪漣，三兩漁舟逐曉煙。廿四番風寒食近，春陰已釀落花天。

昨夜風雷帶雨來，今朝零落杏花開。雙鴛負盡遊山約，曲徑幽深長綠苔。

胡營響澈戰笳聲，知是寅操卯點兵。多少崑崙奴校尉，百年斥緱漢邊城。

簾纖細雨曉山行，寂寂輕煙四野生。遠水千重波萬頃，愁心杳杳淚盈盈。

恰是清明上塚天，樵山西望淚潸然。冬青幾樹崇封在，麥飯誰人祭墓前。

野棠花落又清明，老去春光蝶夢醒。點點殘紅新雨後，隨風著地了無聲。

松山不見杜鵑紅，但聽鵑啼怯曉風。三月江南春欲暮，一聲歸去斷腸中。

香車笑語逐輕塵，錦繡春光欲醉人。試向西環堤外望，山青水碧畫圖新。

西環景色最宜人，雨後青山洗更新。都市園林成雅趣，樹如華蓋草如茵。
山南山北異陰晴，一種春光兩種情。日映濕雲風送雨，人間冷暖意難平。
島嶼如環傍鏡湖，百年南海夜光珠。九洲一望平於鏡，點點漁舟入畫圖。
朝朝漫步向松山，欲寄閑情山水間。水自狂流山自傲，閒情依舊獨閒閒。

雜感三首　步韻和歐許仁二十首

野哭蒼生不忍聞，天涯涕淚老參軍。淒淒月色凝寒露，滾滾江流送落曛；水火斯民眞已熱，離憂心事總如焚。崖山望極蓬瀛遠，浪湧長空咽暮雲。

誰是江南庾信哀，無端風雨逐人來。衹憐肉食乘軒客，已盡胸懷誤國才；東海旌旗猶在望，北門鎖鑰又重開。繁華事去笙歌歇，人散燈炮剩舞臺。

草草浮生蝶夢殘，客中風物客中看。悔教繫結愁千縷，莫向臨流感百端；異國桃源春寂寞，瓊樓桂影月光寒。書生未解維摩笑，惆悵飛花怯倚欄。

卻寄二首

雙柑有約我來遲，海上春光繫我思。花似杜鵑紅似血，一聲一淚斷腸詩。
歸心悄悄意遲遲，春滿濠江有夢思。想見屋樑明月落，低徊重讀杜陵詩。

催歸

尺素傳來第幾封，春風何暖意何濃！祇憐顛頹京華客，夢繞羅浮百二峰。

小苑

襲人花氣隔簾侵，撩亂三春寂寞心。百囀鶯聲聲入韻，重翻蝶夢夢難尋；落梅點點情幽獨，垂柳絲絲色淺深。堪羨一竿窗外竹，青雲意態未消沉。

春曉

東風有意揭簾櫳，帶得悠揚遠寺鐘。已倦三桑憐逐客，不勤五穀愧勞農；夢回滄海空千里，人在春雲第幾重？記得宵來窗外雨，鵑魂有淚灑樵峰。

惜餘春二首

辭枝花事太倉皇，多謝蜂媒盡日忙。好夢記曾來故國，芳華依舊戀他鄉；棠梨院落連朝雨，煙水江南半夕陽。欹枕欲尋春去處，鐘聲敲破曉天霜。

繁華往事去無痕，剩有青蓮劫後身。血淚千絲縈望帝，桃源幾樹杳遺民；誰知寸草榮枯意，未了飛花墜溷因。多少啼鶯聲漸老，好音空自惜餘春。

暮春客思

敲窓風雨卸春陰，點滴人間破碎心。欲向寸心尋點滴，卻從點滴惹愁深。

曠觀

綠波春水兩閒閒，我亦蒼涯舊往還。大道明於雲外月，人情混似霧中山；從斯境去心能見，點到頭來石不頑。催鬢未忘招隱約，青峰縹緲白雲間。

鐙

金釵剔罷倍添愁，夜雨西窗冷冷秋。零落豈曾辜趙約，淒涼誰復上樊樓；待張寶鴨油應滿，寄語飛蛾焰未收。夕殿縈縈眠不得，餘光猶照玉搔頭。

鏡

玲瓏仙子是前身，表裡通明掩素銀。漫理鬢鬟頻顧我，不須阿堵已傳神；幾分紅翠誰描寫，一例媸妍總效顰。怪底難留眞面目，由來啼笑盡因人。

香

綠窗靜對氣常薰，別有清幽隔座聞。品異龍涎留馥郁，煙隨鴨舌吐氤氳；降靈禮佛當天供，讀易研經掃地焚。一縷遊絲搖若定，未教神往已迷魂。

雲

悠悠誰共石頭頑，去住無心出岫間。肯為波光留倩影，托將月魄遇高山；從龍漫作扶搖態，伴鶴常來縹緲間。瑞氣郁芬成五色，青牛欵段到咸關

卻寄二首

驛路人生兩短長，華年銷歇幾星霜。風前楊柳搖疏影，雪裡梅花有暗香；世難沉沉才恐盡，心愁耿耿夜添涼。書生不用談遺事，策馬高崗望夕陽。

錦字詩筒驛使頻，曰歸猶是未歸人。臨風小草知春暖，向晚繁花又日新；愁裡埋愁

愁病我，夢闌尋夢夢逢君。濠江香海通潮汐，潮去潮來望雁群。

松山二首

林家處士舊名逋，解賦清寒入畫圖。梅鶴幾番幽夢遠，虬松萬樹客心孤；依依風月眞吾侶，去去煙波屬釣徒。便欲登臨問黃石，山靈不語笑胡盧。

南疆地盡可逃逋，一幅流民行樂圖。芳草淒迷雲樹邈，長松寂寞曉山孤；窮途痛哭非狂士，亂世癡頑亦酒徒。太惜蓮花染污濁，高樓幾處夜呼盧。

百般　效轆轤體

百般心事懶吟詩，欲駕長風任所之。雙槳橫塘紅樹遠，春光如醉語如絲。

春雨江南二月時，百般心事懶吟詩。捲簾恰見雙飛燕，惆悵當年杜牧之。

向晚怕翻紅豆曲，何曾好夢斷還續。百般心事懶吟詩，悄看池塘春水綠。

春寒料峭意迷離，盡日東風著意吹。一種閒情難入夢，百般心事懶吟詩。

黃花節

四十年前烈士血，黃花崗上黨人魂。國民革命成陳跡，今日人民異國民。

復活節二首

未須荒誕惑吾徒，自是宗風被智愚。佳話至今傳復活，二魚五餅活人無。

綱常名教已模糊，欲托精神信仰殊。佛太高深回太肅，最能平易是耶蘇。

愚人節

今朝道是愚人節，恨我不爲柴也愚。小有聰明甯幸事，人生難得是糊塗。

清明

擾擾浮生百劫餘，又來海角賦閒居。難禁孺慕三更淚，莫慰親心一紙書；歷亂雨聲愁歷亂，躊躇花影意躊躇。今朝又是清明節，逐客天涯夢倚閭。

送春二首

恰遇春光九十天，鵑魂蝶夢去無邊。幾時再見花時節，待到重來又一年。

隔牆舞伴尚依依，客路相隨願已違。本是天涯同作客，年年棄我不同歸。

病中

病榻閒閒見本心，是何罣礙到而今？卅年舊事從頭數，第一難忘母愛深。

辛卯端午

八年離亂，復員逮茲，忽忽六逢端午。憶七年今日，適有龍南之役，提挈老幼，流竄三南道中。午日在天，兵驚草木，已分異鄉淪落，無復歸時。及奏凱言旋，則又交舊盡疏，田園已毀。江山如故，形影都非。淒苦之情，倍於曩日，殆復三載營營，寸心擾擾，虛名誤我，好夢醒人。採得百花，難成香蜜；憐諸小草，欲報春暉，有願徒勞，重遭否亂。遂又鏡湖避地，兩度端陽矣！嗟嗟，天涯逐客，感涕泗以無從；海澨餘生，撫頭顱而莫語。罡風處處，遍落繁花；湛露零零，易凋蒲柳。豈蟲沙之欲變，嗟禾黍其安歸。問宋玉以何年？大招作賦，起賈生於異代；謫宦興悲，故國月明。匆匆時序，他鄉會節；杳杳予懷，漫賦四章，並以感舊云爾。

端陽回首七年前，扶老將雛粵贛邊。九曲河頭雲欲渡，三家村裡夜無眠；頻傳四野烽煙急，已分他鄉溝壑填。躑躅鵝公墟畔路，亂鴉斜日晚風天。

八年一別珠江水，此日歸來味更清。親故已疏如作客，孤芳依舊誤微名；窗前怕讀招魂賦，海上重聞競渡聲。莫道數鄉邱壑美，東風冷暖最無情。

拚向臨流逐逝波，文雞舞鏡影婆娑。平生才氣輸唐景，千古傷心到汨羅；總是虛名增懊惱，自憐好夢易蹉跎。且將三載辛勤意，藥搲茶鐺仔細磨。

欲隨潘岳賦閒居，兩見葛蒲劍葉舒。畫鼓已非當日韻，朱符猶是午時書；煙波洗滌難平恨，歲月銷磨未老予。幾樹石榴花照眼，茂陵消息近何如。

松山二首

匝月多風雨，松山行腳稀。蟬聲催夏至，鶯老送春歸；逐浪鷗如醉，穿雲鳥欲飛。一竿煙水畔，魚釣共忘機。

風雨傳初夏，輕寒似暮秋。不知星日換，空對水雲愁；信美非吾土，勞生拚濁流。山南更山北，往事數從頭。

步韻和施憲夫感舊八首

猶見東阿賦洛神，歡場歷劫等閒身。如煙往事無痕夢，第一難禁是惱人。
彷彿南樓醉別時，梅花開放最高枝。樽前歌罷鯤絃換，夢也無痕醒更癡。
金鞍玉勒少年游，小字佳人喚莫愁。贏得清狂似小宋，桃根桃葉趁歸舟。
不憐薄命獨憐卿，深悔當年一諾輕。我誤微名名誤我，最多情處總無情。
長河杳杳一浮漚，情到眞時已盡頭。環佩未歸何遽老，一江春水悵東流。
風光冉冉楚江天，滿座清歌感萬千。莫問年來白司馬，宦情如水恨如綿。
銜杯重省舊情深，淺愛輕憐仔細尋。猩色屏風聞笑語，燈前微喚少年心。
玉京消息近如何，白袷青衫棖觸多。終古團圓天上月，人間依舊影婆娑。

卻寄憲夫見懷和韻

秋萍聚散豈無因，我亦東西南北人。一字闐仙敲未得，憑君阿堵始傳神。
雞聲風雨晦明時，一笑相逢問所之。無限青峰無限水，好將次第入新詩。
歷劫人來苦惱天，絲絲苦惱繫三千。幾時夢覺三千界？卻恐當時更惘然。

我生四十勝蜉蝣，莫問愁堆自惹愁。濁酒半壺歌一曲，清風明月大江流。

再用前韻寄憲夫

欲從絮果悟蘭因，盡道聰明解誤人。衣角酒痕襟上淚，一思量處一傷神。
正是腥風血雨時，牽牛堂下問何之。轔轔車乘蕭蕭馬，怕讀將軍出塞詩。
罡風處處落花天，忍看凋零恨百千。海角鷗盟依舊在，一竿煙水雨茫然。
無常人事付蜉蝣，淺醉清歌擬莫愁。一抹斜陽天欲暮，漫教擊楫賦中流。

竹灣二首

平沙細浪小回環，疑是壚峰淺水灣。猶見力洲波灩灩，卻輸千畝竹斑斑；朱顏薄醉幽懷放，白足清流野興閒。海角自多佳去處，舊遊空復憶東山。

竹灣臨眺海之湄，信美江山逐客悲。自是三年逃斧鉞，分明一水限華夷；鷗群浴日低飛急，鴛侶翻波笑語嬉。泉石倘教忘魏晉，我來恰見避秦時。

憶錫公

憐君墓草已離離，我更沉淪到九夷。總是思深頻入夢，卻慚材朽負相期；兩年世事成今昔，一例人情自轉移。獨有兒孫妻妾健，好將消息報君知。

無題九首　和孫甄陶步原韻三首

鼎湖龍髯倩誰攀，剩有涼風醒醉顏。魂斷雁門雞塞外，夢回滄海白雲間；不堪柳色移青眼，猶見桃妝點翠鬟。草沒長門春思邈，斜陽花影兩閒閒。

莫道詩狂更酒狂，風流江表識孫郎。豈知虎略風雲態，不畫蛾眉時世妝；黯黯胡笳來朔漠，淒淒雙槳去橫塘。黃昏籬角三冬雪，惹得寒梅一段香。

遼西人去幾何年，欲奏瑤琴第五弦。隔座綠雲歌緩緩，當筵翠袖舞翩翩；態隨曲調千般轉，心比金鈿異樣堅。卻恐啼鶯驚曉夢，春陰猶釀落花天。

和繆悔因步原韻三首

江上輕舟趁晚霞，可憐歸去已無家。孤臣涕淚哀庾信，傳世文章愧景差；敲破六更終寂寞，畫殘一角剩繁華。當年滿地紅顏色，何處人簪白柰花？

燈花夜夜結想思，卜盡歸期未有期。已過春秋佳麗日，不堪風雨晦明時；歡如可拾情猶在，夢也無憑說更癡。憔悴灞陵楊柳色，尋春莫悔我來遲。

不作秦聲作楚聲，憂心悄悄淚盈盈。匹夫未許睚眥報，知己難為肺腑傾；哭笑幾回愁欲絕，恐生一諾語非輕。田橫五百孤軍在，慷慨毋忘故國情。

和鄭水心步原韻三首

秋心草樹半斜陽，一抹明霞襯晚妝。別院歌聲聞懊惱，誰家笛韻譜伊涼？爭教露冷凋紅藥，難乞春陰奏綠章。三十六陂零落盡，舞衣空自惜餘香。

疏星冷月暗東牆，紅燭銀屏淚滿行。願向他生留骨媚，可因時世畫眉長；心隨柳絮飛猶白，鬢影菱花色轉蒼。最是惱人眠不得，一床錦被繡鴛鴦。

紫陌東頭柳色青，哀弦一曲燕離亭。傳來白雁書難得，打起黃鶯夢已醒；煙雨江南埋幸草，雲霞海涘悵芳苓。淒涼夜半潯陽月，倚遍欄杆淚欲零。

懷施丈

應是濠江月色清，南灣秋意倍分明。只憐客路成孤客，又向名場逐浪名；拈韻論詩當日事，銷魂惜別此時情。松山燈火初更候，可有寒潮拍岸聲。

九龍城遊感並柬鏡湖諸子

胡虜膻腥劇可哀，淒涼坏土宋王臺。微聞破石經三載，但見飛機舞幾回；東海明珠增棖觸，西風短帽獨徘徊。九龍城寨今芳草，莽莽秋原淚暗摧。

剩有侯王廟貌新，孤忠亮節更何人？皇元莫鑄張弘範，賊峻惟知溫太眞；鶺鶴千秋仍矯矯，蟲沙當日已塵塵。秋來依舊風和雨，帶淂驚濤拍岸頻。

秋節寄懷鏡湖諸子

一別纔過十日期，歸鴻兩拂綠楊絲。難忘客裡團圓月，又照人間聚散時；慰我平安應自慰，思君寥落可相思。新詩欲寄嫌寒瘦，卻誤南來驛使遲。

水樣

水樣柔情是妾心，爭教郎意海般深。縱然春暖波如鏡，難照珊瑚十萬尋。
君居塞北妾瀟湘，明鏡花顏心自傷。多少回文機上字，倩誰傳語慰蘇娘。

步韻和施丈見懷

水遶孤城落日遲，西風微拂鬢邊絲。憶君緩步南灣候，是我驅車北角時；賦倘千金甯論價，百無一用已堪疑。難忘豈獨忘年友，浪點萍蹤鏡海湄。

辛卯重陽

嶺南九月漸新霜，疏雨微雲度晚涼。人共黃花開更瘦，心隨白雁去難忘；青天海上旌旗動，赤踏寰中羽檄忙。記取明朝雙十節，不知今日是重陽。

寄懷施憲夫

一別故人才迎月，好風十度送潮音。感君客路纏綿意，慰我窮途寂寞心；題柱獨慚司馬筆，閉門終負臥龍吟。可憐孺子呼牛日，俯首橫眉直至今。

疊前韻舟寄憲夫

舉世皆醒余獨醉，半生能得幾知音？秋風落木蒼涼意，春水浮萍盪漾心；一種相思成懊惱，廿年回首可沉吟。斜陽遊侶西環路，指點湖山異昔今。

旅感

明鏡朱顏心自傷，賸教兩鬢未秋霜。半生憂患空陳跡，去日歡娛路短長；國難不堪家再破，星沉好待月重光。孤燈客舍西風雨，天氣都隨世態涼。

十月廿五夜

帆席繩床一尺五，不教輾轉但無眠。新來染得思家病，嗒嗒鐘聲繞枕邊。
秋盡南邊秋意深，寒風無賴壓孤衾。病床燈影兩行淚，遊子他鄉夜夜心。
家書一讀一淒然，母病兒啼感百千。已分低頭牛馬走，掙來買藥幾文錢。
黑貂裘敝黃金盡，尚有慈娘手製衣。我勝當年蘇季子，親情何處不春暉。

辛卯十月風病復發，自港歸澳，吐血五日不止，神思昏昏，自歎不起，惘惘中得句。病起綴成之，以示家姊。

血債分償第四年，淋漓嘔吐滿床前。仙家巧設回天計，友好紛投贖命錢；死死生生寧足惜，恩恩怨怨已徒然。叮嚀聶政親兄姊，慎慰高堂語萬千。

和施丈五一除夕步原韻

昔年行萬里，浪跡逐蹄輪。星日樓臺換，山河氣象新；傷哉獨貧病，漸已遠疏親。強起送除夕，栖栖南海濱。

五二元旦

三年海角新元旦，總向愁堆病裡過。病久嶙峋骨更瘦，愁添斑白髮偏多；歡娛夢肯重溫否？坎壈人如漸老何！寂寞房攏斜欹枕，一壚香暖伴維摩。

鏡湖多少貧民窟，元旦不聞爆竹聲。機杼比鄰自勞動，笙歌別院鬧昇平；新朝車馬東征急，絕塞鞭捶北望驚。熱淚未乾殘喘在，無邊心事待春明。

病起呈若傑諸子十二首

離亂人寰苦受多，我生四十此消磨。忍教樹靜風寧候，煙雨滄江一釣簑。
強畫龍蛇心更摧，十年苦劫逾顏回。豈眞尙缺劬勞報？未許頑徒息影來。
徂夏經秋縈小草，袈裟雨露澤恩深。保安未了又貧病，恕我偏勞老佛心。
文字因緣結有情，佛前燈火照通明。何當十載塵寰謫，贖得鴻毛一命輕。
靜對青山悅鳥魚，欲隨本性識如如。夕陽牛背寒鴉影，倦讀當年掛角書。
姬旦金滕事有無，黃封連夜奏昆吾。熱情火沸三千丈，寫出人間友愛圖。
情親手足意誰同？此是師言第一通。讀到鶺鴒原上句，淒淒黃鳥續秦風。
武略文章歸落拓，黃粱一夢到夷齊。巨卿能癒張郎疾，莫問高原駐馬嘶。
一從天壤識王郎，演唱花腔第幾場？臺下掌聲臺上淚，管絃空復奏伊涼。
十指難供黃口索，一帆風送病人歸。更深悄向床前聽，睡裡呻吟可覺微。
零雨寒風十字車，燕歸重省舊人家。師恩友愛皆溫暖，可勝參湯大補茶。
救病人施買藥錢，更堪續命贈華年。餘生盡是群公賜，擬爲群公結善緣。

病起

書傭七十日，臥病兩兼旬。諳得浮生味，嗟予失路人；潮聲亂歸夢，草色遶芳津。臘盡紅梅放，春光漸比鄰。

晚禱

信徒如貫跪當行，趁得鐘聲送夕陽。上帝救人人犯罪，十分冷落是天堂。

送施憲夫歸香江度歲

臘鼓鼕鼕特地催，先生今日買舟回。有家差勝客中客，遯世遑論才不才；雛鳳新聲諧閬苑，老奴心事傍妝臺。料知舉案送年夜，引滿屠蘇酒一杯。

帶得春風早早歸，玉環吩咐莫相違。元辰人日新花燭，酒漬脂痕舊錦衣；逐浪每慳魚一躍，捲簾祇羨燕雙飛。虀鹽藜藿成滋味，漫道行年五十非。

壬辰元日

爆竹聲中送除夕，起來已是一年新。又添一歲四十二，再過幾年半百人；省識兒心何太苦！方知母愛最堪珍。一封利是雙紅桔，歲歲慈娘手自親。

匝月巧逢兩元旦，一時星日耀中天。新朝久已行公曆，俗例今猶過舊年；儘有桃源忘魏晉，何當易水憶幽燕！青萍綠遍橫塘水，解向東風自結緣。

施公成安村新居

西灣河接鯉魚門，東向壚峰第一村。異地客心容小住，故園鄉夢可重溫。夜潮聲滿窗前月，曉日光騰嶺上雲。莫買湖山便偕隱，春風猶識杜司勳。

一時四十首　用梢堂禪師山居詩四十首原韻

一時太乙夜燃藜，讀到無爲無不爲。道法自然原寂靜，業薰種子即瑕疵。環中本性名雖異，色有空無路非歧。事事了都成百了，忘憂遮莫問靈芝。

一樹菩提萬象棲，南來法寶聚曹溪。物如眞假人如幻，性不參差相不齊；動靜豈隨心去住，遷流難顧影西東。但教破得無明盡，夢覺何勞警旦雞。

七寶樓臺映日斜，金光燦熳亦堪誇。布施血盡一飛鴿，精進身如半陣蛇；祇樹園中參證果，靈山會上笑拈花。即今極目西天望，一派祥雲趁晚霞。

經律修持解行證，大乘先於信不疑。莊嚴淨土心常淨，示識遲明悞已遲。便從覺海觀空了，莫向臨流哭逝斯！好個西來無盡意，聲聲念佛是阿誰？

任運隨波逐浪流，三關八識一時休。山河大地黃金鏡，明月清風白玉鉤。何似涅槃皈寂滅，從來老死到王侯。人生是業業無盡，業到無因業盡頭。

說相立名名相遣，微塵一合是虛名。心傳頓教開宗下，義趣眞空出化城。凜凜神威分虎鬥，熒熒鬼火看鸞烹。衆生轉妄成圓覺，浪靜波澄水自平。

心無罣礙無顚倒，底事登高畏險嶒？直使虛懷清若水，不教靈府冷于冰；青山突兀猶巢鵠，碧海滄溟欲化鵬。古廟一爐香火在，露珠霜氣夜棱棱。

千日工夫唯草草，百年生計總勞勞。朔風蕩蕩來三耳，海水泱泱入一毛；冷冷獨逢魑魅笑，啾啾又聽鬼神號。從來大道深深見，不礙群魔寸寸高。

看月正宜因指去，指亡月失意何爲？漫云面目依稀認，卻向膏肓上下醫。一塔巍峨埋落雁，六根忍詢護藏龜。僧伽何國人何姓？夢裡憑誰更說癡。

我聞佛說衆生苦，一息何堪感百憂。飛鳥游鱗情恰恰，青松翠竹影修修。滿簾春雨歸巢燕，幾樹新晴喚婦鳩。物外往還皆自得，須陀洹豈入清流。

持律解經供養佛，天人福德費思量。浮圖舍利現多寶，食砵維摩染衆香；聞道山中曾點石，不妨雪上更加霜。牟尼珠串從頭數，魚韻鐘聲送夕陽。

通達玄關第幾重，萬花如海晚霞紅。九天爛熳雲成錦，四地光明月似弓。鏡惹塵生心外物，播搖影動耳邊風。問誰早暮行香客？身向河西水向東。

桃花林外武陵人，一棹青溪對落曛。太息仙源成隱約，劇憐世事尚紛紜。龍韜虎略雞蟲技，鶴子梅妻麋鹿群。看取峨嵋行腳好，芒鞋踏遍嶺頭雲。

西風落葉度新涼，槐影陰陰掩洞房。未轉妄心仍苦受，不參體用亦禪狂。眞知慧眼破思惑，滅道頑空好坐忘。面石嵩山今尙在，千秋無語立斜陽。

佛地曇花仔細栽，花開花謝莫徘徊。是空是色非空色，無去無來自去來。杳杳三玄探聖果，深深五欲換凡胎。幾曾一見佛出世，末法何年剩劫灰。

六識紛披起六塵，棲棲絮果更蘭因。金剛手眼懸無我，菩薩心腸解度人。淨業每牽三世遠，嬌花難放四時新。十方最好藏身地，煙水微茫接九垠。

生滅眞如兩扇門，有情未覺獨昏昏。修觀漸得三摩地，悟性應求一本源，彼岸遙遙撐寶筏，此心逐逐落金丸。可堪玉局逃禪意，容膝當年住一軒。

何事放心不可求？三千界裡盡迷樓。聲喧大地歌盈耳，光照中天月滿頭。且向門前觀繫馬，莫從堂上問牽牛！楊花無主隨風舞，終古飄零逐水流。

紫玉歸來便化煙，他生重見已茫然。書傳青鳥無消息，劫歷紅羊不記年。淡淡雨宜籠落月，欣欣魚亦羨臨淵。香花獅子如來座，猶似人間並蒂蓮。

一因一果一輪回，身世冥冥事可哀。緣結死生留色相，業牽藏識入胚胎；箋翻貝葉文千字，弓影蛇形酒一杯。記否春風歸洛下，幾番明月照寒梅？

翠竹黃花盡般若，何須絕頂結茅茨。不移本性性常住，自了餘生生足悲。愛取無明緣老死，修觀中道入精危。是眞是妄心無住，去妄存眞信可期。

富春江水自來去，魚釣相忘嚴子陵。曉霧漸濃山漸淡，春風如箭雨如繩；貂冠狐服青簑笠，華轂朱輪紫杖藤。世界微塵皆一合，我生何愛亦何憎？

青山那得爲君留，刻劍行舟事強求。禪唱槐陰方半夏，雁驚葉落又初秋。人間何處雙飛燕，世上難餘百尺樓。垂老玉門關外望，班超也解悔封侯。

恐怖每生顛倒夢，了無罣礙寸心安。當來授記原無法，昔日傳燈尚有壇。自性等閒著鳥糞，狂禪幾見沐猴冠。雪山首座陳三藏，第一多聞屬阿難。

見性明心心是佛，莫從心外立微言！多生遍歷諸般劫，萬化同歸不二門。等是倫常敷法象，擬將戒定鎖心猿。無明行識苦生死，但破無明正本源。

簇簇歸鴉返故林，斜陽紅樹影西沉。應知日月推遷意，不盡天人去住心，垂柳籠煙搖暮靄，落花如雨盪春陰。方塘綠水東風急，吹散浮萍色淺深。

卅年剎那繁華夢，擬著袈裟換錦袍。彼岸一燈光燦燦，中流五欲浪滔滔。焉知風動非播動？不信魔高比道高！花落花飛皆自性，崔郎未解賦夭桃。

秦宮三月火咸陽，二世貞成萬世王。日月不居悲俯仰，江山無語話興亡。空樑燕去愁深淺，故國鶯啼夢短長。青史百年虛點染，泬寥天地剩荒涼。

百年世事滄桑易，人物風流今不存。澤竭亦知泉已涸，愛深猶是恨之源。吳兒目斷衡陽雁，蜀客魂銷巫峽猿。幾見月圓花正好，落花缺月更誰論？

漠漠平原淡淡煙，午風如醉拂青氈。不因勺水思觀海，閒枕溪流臥聽泉。夕照疏林歸鳥倦，雲深古寺晚鐘傳。山僧久已忘冬夏，布納棉衣二十年。

紅樓魔影夢沉沉，無所住心何處尋？根觸他生誰紫玉，莊嚴十地遍黃金。欲憑慧業雙修福，好發菩提一往心。佛法僧伽三寶聚，靈光如許印叢林。

山田五月稻初熟，擔向村前溪碓舂。延頸每憐林外鹿，點睛閒畫壁中龍；鳳鳴十畝千竿竹，月挂危嶒絕壑松。一炷清香才課罷，禪房夜平響疏鐘。

許史門庭不自安，呼鷹盤馬出長干。白頭漸已青絲換，紅淚先於綠酒乾。譜入哀弦彈更苦，覺來好夢續偏難。嫦娥夜夜凄涼意，應是瓊樓顧影寒。

雁飛一字雲邊度，影向斜陽望裡消。憧憧往事那堪記，黯黯秋魂不可招。燕語春歸桃葉渡，蟬鳴風送柳波橋。山川一脈鍾靈氣，五嶺南來屬二樵。

喔喔雞聲報曉啼，沉沉錦幔畫簾低。尙憐繡閣回鴛夢，已見空樑落燕泥。楚殿吳官蕭鼓歇，顏殤彭壽死生齊。何當一棹春風去，千樹桃花十里溪。

月滿關河雪滿途，十年戎馬瘦征夫。平生未習封侯技，易代難爲黔首愚。風入清秋搖木葉，海深紅日暖珊瑚。藍袍白笏淩煙閣，讖異羅家鬼趣圖。

聖人已死大盜止，國計民生且莫論！怨婦愁心甘化石，腐儒遺恨不窺園，浮沉當世生何益？睥睨群賢我獨尊。悟到無常貧亦樂，好修淨業饋兒孫。

大法修成羅漢果，一來天上與人間。業如曉霧濃偏淡，心共江潮去又還。白鳥蒼松雲外路，黃龍玉樹雪中山。一時念念無生忍，節節支離付等閒。

我佛不離名說相，空空而後遣虛名。持經僧解明三乘，捨筏誰能渡衆生？直比圜中爲自性，是眞太上始忘情。從來何所去何處，荊棘邱陵路坦平。

山僧日日山頭坐，早對晨曦暮夕曛。一念偶然隨便在，此心無住不如歸。長松古柏參差抱，春燕秋鴻次第飛。怕著袈裟多一事，白雲爲絮雪爲衣。

壬辰寒食兩用施文原韻

海角春三月，尋芳興不窮。鶯啼煙樹暖，魚唼浪花空；水碧連天碧，鵑紅映日紅。桃源今隔世，何處認堯封？之推不言祿，固知君子窮。高風千古在，峻業十年空。母教文身白，君恩獵火紅。操戈憐舅氏，尙解乞侯封。

清明

倥傯時序又清明，去去春光第幾程？暖雨微風寒漸減，凋紅褪綠恨難平。迷離香夢情猶昨，躑躅詩魂喚欲醒。何處愁心最淒絕？木棉樹下鷓鴣聲。

和施丈旅懷三步原韻

春花與秋月，夜夜卜歸期。薄海三千里，強鄰百萬師。揮戈返落日，橫槊賦新詩。漸白青青髮，朱顏異昔時。

晦明風雨夜，把酒話襟期。自笑匹夫勇，難爲王者師。色空三乘法，離亂七哀詩。夢逐潮聲去，洹洹無盡時。

好學魯施氏，佑音鍾子期。風流數當世，儒雅亦吾師。頗擅漁洋韻，爭傳淮海詩。南窓自高臥，不夢少年時。

乍暖

乍暖還寒三月春，片風絲雨逐蹄輪。樓空不鎖樓中燕，世亂難爲世外民。萬里舳艫歸日角，千尋鐵練壓江濱。斷崖草木猶蔥翠，惆悵天涯浪跡人。

如絲

如絲細雨黯芳津，惜別倥偬欲去春。江上微聞歸緩緩，畫中低語喚眞眞。銘花瘞草橫塘路，果馬輕車紫陌塵。閒卻玉鉤簾不捲，怕於蛺蝶認前身。

答歐許仁勸勿為吟詠傷神二首

一別春風又幾時，沉魚飛雁可相思。憑君傳語客中客，珍惜清神莫賦詩！

春在人間漸老時，潮聲歸夢寄相思。客中作客無聊甚，欲遣無聊漫賦詩。

二十

二十年來事事非，清愁瘦影每相依。折技心力憐猶在，拾芥功名願已違。總爲安貧甘晚食，不因量藥典春衣。紅樓十二珠簾下，況有離巢燕未歸。

千金賣得相如賦，笑道文章價已高。濟世本教屠狗輩，殺人猶是買牛刀。封豚薦食來交趾，盤馬彎弓到小毛。若使識時成俊傑，便將俊傑許兒曹。

強虜東來百萬兵，芷江新築受降城。中州欲奏升平樂，北鄙重傳殺伐聲。破碎河山羞禪讓，蠻荒煙雨費經營。當年血債償多少，又向仇讎歃血盟。

爭得偏安正統稱，憑將一旅話中興。金陵王氣銷沉盡，滄海橫流浩蕩增。滅闖難存明社稷，和戎已失漢規繩。頻年海角孤臣淚，幕府西臺獨暗凝。

四月初三夜有河魚之疾，昏厥移時，強起歸榻，辛苦萬狀，始覺體力之今不如昔也。賦以識之。

平生自詡無難事，今日方知體力微。三十功名歡喜夢，春燈秋雨記依稀。
大有雄心小有才，孱軀無用亦傷哉。凋零落葉經秋柳，昔日臨風舞幾回。
一枕清涼夢醒無，六塵八識尚模糊。廿年人事今非昔，贏得今吾勝故吾。
淩雲才氣漸銷磨，甘向雞蟲隊裡過。綠水春風吹蕩漾，此心何事縠紋多。

錫公兩周年祭

一生捴爲妻兒計，垂老偏多喪亂經。厚道本難容末世，善人端不享遐齡！樓中燕子春還在，泉下鰥魚目可瞑。且莫夢魂歸夜夜，貪瞋癡了寸心寧。

舊廬臥聽山陽笛，淒絕窮途孺子心。記得當時言外意，都成今日座中箴。千般笑臉千般苦，百結愁腸百結深。肯向群魔低首拜，擬留傲骨報知音。

改許仁贈長句二章依韻卻寄

我今正流浪，堊廬同雞棲。起視慈娘疾，夢繞嬌兒啼。負薪力已竭，相對空悲淒。

罡風壓桃李，零落滿青谿。我豈異凡卉！不任飆飆吹。淩空自飛舞，胡爲胡不爲。
繡闥來春風，朵花開小院。紫燕欵欵飛，畫閣深深見。都外行路人，翹翹競相羡。
一旦雕梁傾，主人異貴賤。酹酒酬東風，肯與周郎便。

和施丈韻

甲午之役，簽訂中日馬關條約。合肥恥之，思以西夷制東夷，爰有中俄密約之訂，自謂二十年可以安枕無憂。寧不知二十年後，禍亂相仍，迄不得息聯俄容共，以至中日提攜。七七抗戰以至中蘇條約，莫不虎去狼來，齊親楚怨。雖日謀國者，合縱連衡，本一時權變，庸知貽禍無窮，往往百年未已，可慨矣乎？當時黃公度有句云：老來失計親豹虎，卻道支持二十年。指合肥中俄密約而言，殆有遠識。施丈憲夫感於中日和約之成，有懷黃公度一律，讀之愴然，爰次韻和寄。

東鄰乳虎西鄰盜，上相威儀振末流。廿載安危徒爾許，百年興替豈人謀。膻腥血淚痕猶在，玉帛干戈怨可休。一自藩籬新撤盡，縱横狄騎滿神州。

再用前韻

南朝江左偏安日，遺恨投鞭逆斷流。一黨已辜民衆望，三家寧爲子孫謀。假威勝國驕無益，失計前賢禍未休。事楚事齊成大錯，傷哉赤血遍神州。

三用前韻

秦政剛強漢徹柔，古今人物孰風流？輕將舉國擲孤注，肯信鄙夫能遠謀！燦燦金甌圓缺憾，森森鐵幕死生休。皇兒已謂他人父，何惜燕雲十六州。

登百花林　謁國父楊太君墓

夾道江蘺淡淡紅，海潮聲遠雜松風。九龍到此鍾靈氣，無限青山夕照中
薄姬陵墓築殊方，幸得年年麥飯香。聞道中原仇孝義，佳兒魂夢可相望。
小梅村外百花林，白堊牆低護綠陰。多少羈魂新故鬼，斜陽草樹故園心。
施公邀我作山行，病後番教腳力輕。指點牛池灣畔路，田莊菜圃足閒情。

古木圍牆安老院，太君當日舊門閭。小兒忠國大兒孝，垂訓親親孟氏書。

按國父長兄眉公奉母楊太君居九龍小梅村，太君以宣統三年謝世，葬村外百花林。墓地峰齊環抱，萬嶼朝宗，鬱鬱蒼蒼，動鍾靈秀。營葬後四閱月，辛亥革命肇啓民國。國父被選臨時大總統，故風鑒家以為太君墓地之靈氣使然，殆非無故！且太君二子，眉公則澹樸無華，養母以終。所謂親其親，孝之至矣。國父公忠黨國，老吾老及人之老，忠之至矣。太君母訓，良有足多。茲教會復將太君宅改為安老院，老有所歸，貧有所養，是太君之教化，被於子孫而又垂諸百世，感人深也，拜識之。

遇薄扶林村

香爐峰下薄扶林，村落人家歷古今。一樹老榕三百載，不隨興替自成陰。

石澳

石澳重來十二年，青峰白浪尚依然。東風莫問桃花面，且醉龍蝦肉蟹筵。
灘頭日落細沙明，漠漠煙雲海上生。不羨輕舟棹雙槳，獨憑亂石聽潮聲。

端午三首

端午龍船鼓，年年動客心。瀟湘欲歸去，低首幾沉吟。
疾風連急雨，海上正騰蛟。千古懷沙賦，餘哀剩鼓鐃。
去國憂讒日，臨風惜羽毛。倘逢文字獄，未敢賦離騷。

偕黃志超再遊石澳

三年人絕醇醪味，今日開懷盡一杯。此志浪花如雪白，此心漂淨不成灰。
細膩風光著意傳，清遊裙履正翩翩。怕因冷面成孤獨，強作詼嘲學少年。
誰家剩水與殘山？畫到斜陽一角難。十萬樓船新漢幟，幾聲簫鼓日邊還。

示堅兒

佳兒具天性，少小識親心。教養嗟無力，頑聾不解音，深情誰紫玉，高義抵黃金。
巧拙復如此，噫余百病侵。

過荃灣望錫公墓

未擬登臨展墓來，驅車偶遇北山限。紅霞綠水長青樹，無語斜陽立幾回。
荃灣坳畔累累塚，宛有幽魂默默思。三載清風和冷雨，可曾吹洗貪瞋癡。
屯門一水隔青山，見否頭陀杯渡還？身後虛名空復爾，九洲依舊月兒彎。
幾許平生難了事，無端了卻亦隨緣。君心且共煙雲淡，漸淡浮雲漸散煙。

六月廿五日韓戰兩周年

朝鮮三八線，我武自揚威。爭道鬩牆勇，寧知揖盜非。兩年原子戰，舉國壯丁稀。
日日板門店，仁川已合圍。
義師入平壤，壯士氣如雲。豈獨急人難，毋乃舍己耘。昔爲倭島倀，今拜漢家軍。
與國成仇敵，誰能恩怨分？

閏蒲節暴風雨

端午重臨閏五月，不聞江上賽龍舟。餼羊告朔終當廢，遺恨孤忠逐浪流。怒號浪向沙頭湧，海氣迷蒙白日昏。萬一瀟湘今夜雨，天南無地賦招魂。

再過荃灣用刪韻七、九

油壁相逢認夜來，蘼蕪綠滿古城隈。舊歌愛聽花飛曲，陌上鴛鴦百劫回。飆飆風卷灘前水，浪雪千堆滌我思。黑漆洞天虛解脫，夢中人說夢中癡。青衣渡口望青山，雙槳扁舟去復還。動靜毋多眞美善，長空新月入眉彎。緣如可續緣無盡，且續今生未了緣。亦有人間歡喜事，歸來紫玉倘非煙。

鏡湖小住

偷得忙中幾日閒，綠陰行腳到西環。客心夢繞煙波住，歸棹人歌菩薩蠻。樹接石堤雲淡淡，風搖細浪水彎彎。鏡湖萬頃平如鏡，海燕沙鷗任往還。

南灣晚眺

海風習習拂羅襟，日晚南灣客思深。流浪生涯殊未已，淩雲才氣此消沉。石碑銅馬堤邊路，去國哀鴻澤畔吟。數盡歸帆千百遍，載來萬一有佳音。

舟中

迷山遠水不知名，繫我羈懷萬縷情。三載南流獨憔悴，九洲北望是零丁。雞蟲技小羞難詣，燕雀巢空怯欲傾。幾許中年哀樂感，別風淮雨又前程。

眼鏡

餘年十七御眼鏡，及卅三而去之，又十年，再配戴。詩以志之。時壬辰八月二日

憶昔相親十六年，晨昏坐對倍相憐。如何十載輕離別，贏淂重波欲望穿。垂老舊歡迴舊恨，漸醒前夢覺前緣。多君還我雙遮力，照見空胸更瞭然。

七月卅一夕離茂誠渡海舟中大風雨

明知渡海尋常事，無奈今宵獨感傷。燈火一船人兩岸，夜潮聲碎雨聲狂。
女床山滿棲鸞樹，一雁飛來空遶枝。笛韻淒清愁裡聽，山陽忍復此棲遲。

病魔

病魔陰影何憧憧？罣礙塵心往復中。絕憶盛年歡笑日，呼鷹盤馬正春風。
莫擷離離懷夢草，鏡中空自舞文雞。低徊六曲欄干影，晚日寒風竹坨西。
虛懷寂寂歸禪定，一任車聲雜市聲。悟到色空都實相，有情畢竟勝無情。

層樓

層樓高聳五重天，無那清寒只自憐。蘆席一床分上下，從今雞鶩抱枝眠。

八月十八日病歸

十日無端九日病，群魔舞影飛心鏡。百憂逐逐劫餘生，六識紛紛迷自性。不悔豪情往日非，卻嗟意氣當年盛。鵝黃嫩綠已經秋，冷落灞橋寒雪映。

西環

西環日暮饒秋意，別夢依稀何忍記。聖院鐘聲似四時，卻憐心境新來異。

古意十首

我有萬斛情，欲向長河傾。河水東流去不還，空餘新月影彎彎。一棹扁舟水月間，月照孤蓬人等閒，等閒心事換朱顏。

花發滿庭樹，朝陽何煦煦！風雨定無常，莫把芳菲誤，瑤臺穠豔妝，玉苑清平賦。恐傷遲暮心。願乞春陰護。翩翩辭故枝，惻惻委行路。惟悴問東皇？春向誰家住。

所思在何處，海角天之涯。亂石鳴寒瀨，奔濤捲細沙。坐視溟溟海，滄波襯暮霞。
蓬萊不在遠，容與掛星槎。

乘槎通碧漢，張騫去又還。欲得君平解，吁嗟蜀道難。邈邈海天際，泱泱雲水間。
茫茫莫可至，喈喈空愁顏。

未央前殿月，一代風華歇。燕子三春歸，依依漢宮闕。樑空舊巢傾，那許新巢結，
去去效于飛，喃喃羞嗚咽。幾處畫簾垂，肯待春風揭。

記得花時節，江南春二月。黃鸝葉底飛，紅杏枝頭綴。扶上木蘭舟，便爾輕離別。
別夢怕重溫，回腸驚九折。使人愁更愁，三兩聲鶗鴂。

言登香爐峰，月影何溶溶。北望古樵嶺，雲山幾萬重。我欲淩風去，微聞遠寺鐘。
大窩觀日出，雲路訪仙蹤。嶺下西江水，奔流到九龍。

昔聞蜀望帝，飛渡西樵峰。樵峰七十二，遍洒杜鵑紅。枝枝染碧血，朵朵泣春風。
駕言適南海，島國遠堯封。杳杳煙波闊，鄉關幾萬重。啼聲斷歸夢，滴淚點君容。
嗟爾獨行客，愁心兩地同。

孤鴻掠雲影，晚日湘江冷。瑟瑟秋風悲，冥冥秋岸迥。蒼蒼秋水平，莽莽秋原靜。
何處托佳音，佳音人不省。

山雞臨鏡舞，顧影自遲疑。朗朗豪雄概，軒軒俊秀姿；翩翩耀文采，皎皎生威儀。
何不自奮飛，喔喔啼朝暉。劍氣滿西北，莫傷聞者稀。

七夕

離別多於相見時，一年一夕一佳期。佳期總被穿針誤，討厭人間傻女兒。
別欠重逢話倍多，更深數問夜如何？且將不盡纏綿意，待織回文寄隔河。

墨水筆被竊戲成

一枝妙筆舊生花，覆瓿文章老更差。知否江郎才欲盡？還君禿管了無他。

病中

嗟予未老偏多病，憂患邅回斲盛年。昨夢漸醒千日酒，餘生能值幾文錢！尙悲禹域跳群醜，肯向秦關受一廛！共業未消煩惱障，是因是果總隨緣。

四十

四十年間悲喜劇，曾無一幕可相忘！浮生每被浮名誤，熱淚爭教熱血償。幾度有家隨國破，寸心無地任情狂。徘徊莫了諸般刼，欲問前因路短長。

四十年來悲喜劇，了無一幕足留連！溫柔夢染酸辛淚，懊惱歌翻斷續弦。遇眼風華人事改，塡胸邱壑宦情牽。無常最是雲間月，缺不多時卻又圓。

東北西南歡善地，羈人何處解淹留？海隅地角無多路，春蚓秋蛇共此丘。樽酒難澆愁萬斛，重簾空羨月盈鉤。年來怪底菱花誤，昔日青絲今白頭。

有藏密法師善望氣謂余神志游離，壽不逾兩歲，詩以謝之。

慵腰倦眼黯容光，心欲騰飛病在床。唾面未諳諛世術，低頭難乞救貧方。拚呼咄咄蹈東海，無奈嗷嗷向北堂。旦暮尙虛升斗計，多君許我二年長。

慰姊氏齒落

無多骨肉雁行單，少小誰憐無父難。遂使北宮丫角老，尙傳軹里寸心安。齒亡舌在將知命，世亂家貧豈舊觀。四十年來甘與苦，菜根香味不寒酸。

次韻荅施公見懷

梁園病司馬，夜雨獨歸舟。豈是多生業，常爲慈母憂。飆風辜舊約，冷月照新愁。一葉長空墜，驚傳白露秋。

今日余心蕩，滄浪不繫舟。故人傳好語，病客賦離憂。去日異來日，新愁惹舊愁。九洲如可渡，杯酒話中秋。

初秋

蕭疏涼雨報新秋，鶴夢蟲聲伴客愁。尚想荔灣蝦菜美，偏驚竹幕雁書休。哀蟬落葉劉三賦，明月清風虫二樓。最是黑沙灣畔路，漁歌欸乃唱青洲。灣作環

佳節

佳節連連在八月，雨逢國慶又中秋。秧歌新舞細腰鼓，牧野曾輸一足球。

薄海參差星日織，中原今古帝王州。流氓未解團圓意，燈火升平感百憂。

觀秋日桃花

白鴿巢花園，緋桃盛開，蓋春後秋來之兆。獨念憔悴西風，低回小徑，以芳菲之姿，先春而發，欲與菊花桂子爭一日之短長，徒有非時之歎。爰弔以詩，時壬辰中秋前七日也，并志。

紅桃映秋日，瑟瑟臨風哀。憐汝三春色，何為八月開？凌霜黃菊傲，點水白蘋猜。莫問朱欄杆，劉郎今不來。

又三首

桃花何爛漫！艷色凌秋霜。問訊東籬菊，芳姿誰短長。

梅萼無消息，春風未肯來。臙脂易零落，憔悴向誰開？

庭前栢子樹，劍底桃花枝。會得溈山意，於今更不疑。

中秋八首

海角中秋又四年，年年猶見月團圓。藥爐煙繞維摩榻，菊酒杯空學士船。經世有書餘蠹字，忘憂無調付鯤弦。從今客館挑燈夜，細讀神農百草篇。

今宵何處不團圓，應是離人望眼穿。鏡海中秋同此夕，伊川左袵已三年。鯉魚燈映波心月，絡緯聲悲井底天。有日珠江雙槳去，不辭低首拜嬋娟。

八年不見韶州月，尚記湞江小客船。兩岸月華燈掩映，千秋星隕石依然。低迴瘦影環城路，繾綣餘光近曙天。幾處浮橋今在否？橋西河灞是黃田。

絕憶河源一夜雨，征人好月兩淋漓。江東將士思歸日，塞北風雲欲起時。雞局喜逢鄉里約，猴衣猶帶酒涎披。七年今又傷零落，颯颯西風壓鬢絲。

記抗戰復員之歲，自贛歸粵。軍次河源，值中秋夜，大雨連宵，好月不華。與同袍及鄉里醉江樓上，度此佳節。

月瀉九洲千頃波，踏歌曼舞下嫦娥。娟娟影落鴛鴦瓦，悄悄心驚鳩鵲羅。終是雲裳仙闕好，可憐秋扇淚痕多。玉釵敲斷銀屏冷，時夢歡娱今若何！

瓜果中庭拜月時，訴將心事月娥知。願憑一上團圓影，照向人間薄倖兒。夜夜清寒都幾許，年年幽怨竟如斯。淒涼一曲霓裳序，入破淋漓夜雨詞。

經秋小病轉侵尋，苦藥濃湯漬滿襟。明月半牕人少睡，涼風一樹鶴微吟。梳翎每念焚巢劫，比翼常存息壤心。欹枕卻思弦管夜，酒痕香夢已銷沉。

繁霜零露剡孱軀，瘦入吟魂韻更臞。萬里蹄輪歸戍卒，廿年書劍老寒儒。擬將千點明湖水，化作他生象罔珠。歲歲月華應笑我，故吾飄泊又今吾。

偶見

偶見一星大如斗，大星下有小明星。自然本具參差相，等級由來那得平。

一元二元心與物，古來多少愚民術。若將木石例心靈，便覺人禽相髣髴。

易君左詩書畫展席上

南國騷壇擁將旗，是誰復位定龕詩？夕陽鴉背傳烽火，暗換風華小晏詞。

壬辰重九

漸冷西風九月霜，清愁如許況重陽。登高莫問滔天劫，投老徧驚舉世狂。曩日鍾情唯我輩，顏年佳節尙他鄉。更堪把酒黃昏後，不解愁腸只斷腸。

五二除夕

去年臥病濠江濱，襟影依然強自親。難得嗟來知己飯，不禁愁然等閒人。層樓月照燈猶豔，遠寺鐘傳歲欲新。擬向夢中尋舊夢，金樽翠袖記眞眞。

五三元旦晏起

昨宵除夕今元旦，此地狂歡時節多。遇盡去年災與難，問誰人不競謳歌。
孤衾我亦夢寧家，燭蕊神前欲結花。知是慈娘稽首祝，今年人不各天涯。

壬辰除夕港澳舟中

不教閒卻等閒身，故遣辛勞巧役人。祇願餘生頑若健，莫論世態假如眞。漸開眼界方壺小，無盡年光臘鼓頻。一舸歸來正除夕，腰顏聊可慰慈親。
十年慣作飄零計，已分他鄉勝故鄉。欲換微名懶斟酌，難除結習到疏狂。滔滔水向東南溟，逐逐人牽歲月忙。縱使歸家似是客，風華老卻段文昌。

峽山唱和集

半角僧明慧題

自序

余於乙未歲，渡古漁，登昂平，夜攀鳳凰峰，觀日出，宿寶蓮寺，識智照、明慧兩詩僧。當時同遊者，施丈憲夫、易公少蘭，李四啓文。共以東西南北之人，又皆澹然遺世，因結爲忘年詩友。彌勒峰頭，蓮花石畔，掛雨飛煙，暮鴉斜照，勝境清懷，題材幾許。以是郵筒唱和，往復無虛日。逮數年，智師示寂，易公亦歸道山；明師則正養痾止靜，施丈又老困成安村，李四仍僕僕爲妻兒活計。雲海蒼茫，鷗盟零落，江山如故，往事難尋，盛逢不再可，可慨也矣！今夏於溽暑中偶檢舊卷，重讀曩時酬唱，不禁黯然！杜工部句：落月滿屋樑，猶疑照顏色。晏小山詞：衣上酒痕詩裡字，點點行行總是淒涼意。雖因緣聚散，如是如是！而呑聲惻惻，奈何奈何！展卷懷思，詩魂喚我，因選錄若干首，題曰嶼山唱和，用誌曩日詩盟，拜序。

己酉中秋節日梁隱盦於香港加山麓

昂平觀日　用東坡清虛堂韻

秋波瑟瑟明細沙，壞壁摩挲認古衙。行人晚煙岩壑暮，夾道野菊山搽花。轉嶺回峯見落日，青松翠竹鄰仙家。月白長空歸一鶴，霜寒矮樹宿群鴉。雙螺突兀朝東海，夜半雲生五色葩。蛟龍捧湧金丸出，鱗抓爪舞洪濤爬。眼底圓融文偃餅，胸中觀照趙州茶。忽然大地敷靈氣，咸池三鼓漁陽撾。我聞苾蒭向旭日，對茲幻象心驚嗟。又聞因緣生滅法，何傷暮境欣朝霞。

夜宿寶蓮寺

更深佛殿拜如來，肯度凡夫知見開。煩惱心依清淨地，修羅場隔妙高臺。金剛窟裡音常住，指月樓中影自回。一夢拈花渾未醒，鐘聲無奈苦相催。

寶蓮寺留別智照大師

昨夜初更叩佛門，晨曦曉露望朝暾。勞人亦有清閒福，欲問名山拾慧根。

佛光寶相接明霞，葉葉紅蓮朶朶花。向覺背塵新合掌，從今莫種故侯瓜。
度我初登攝度橋，無明煩惱此時消。獨憐回首高原望，颯颯霜風草木凋。
塵心何住去何年，彌勒山頭大帽巔。未許頓觀菩薩地，先從文字結因緣。

用前韻寄智照

欲證眞如入法門，便來南海禮朝暾。佛光加被陽光滿，愧我多生種鈍根。
曲澗流泉撫落霞，靈音相伴石蓮花。兜羅有意留名色，淨土新栽合掌瓜。
斜陽小立曲欄橋，望裡雲山影漸消。偈頌至今傳水鶴，百年身共歲寒凋。
零落風華老少年，水涯行腳又山巔。何當福慧如君好，參透微塵萬法緣。

答智照用前韻

凰鳳山上倘重來，澗底寒梅開未開？白雪作葩霜作蕊，黃金爲柱玉爲臺。僧伽佛法聚三寶，夜月星辰照幾回？景物都成虛實相，一聲獅吼忽相催。

東智師

詩僧只合住名山，霧雨煙霞獨往還。是處雲深留客步，幾回月滿印禪關？
低眉念續無生忍，行腳心緣有想閒。聞道吊鐘花漸發，莫辭折我一枝慳。

昂平八景　步智師原韻

峰尖嶺脊石崚嶒，道是癡頑卻有情。爭共群龍齊點首，金光萬縷日輪升。（鳳嶺朝暾）
小樓般若對雙峰，十里悠揚殿角鐘。一卷彌陀經課罷，琉璃燈映晚霞紅。（鐘樓名照）
玄黃戰後此遺材，化石長埋土一坏。最是晦明風雨夜，聲傳萬壑隱輕雷。（山藏石鼓）
流泉幽咽出岩陰，綠滿青溪花滿林。日午風微雲影淡，誰家高士撫瑤琴？（岩瑣清溪）
何年摩詰散花香，種得蓮華傍道場。石蕊雲根山作砵，靈風法雨佛心長。（石現蓮花）
乍疑濃霧乍輕煙，薄似水綃密似綿。天半華嚴不可即，金剛隱約現南阡。（雲封窣堵）
鹿湖古道晚蕭蕭，樹影斜陽度小橋。荷擔如來歸去也，黃金如海畫堪描。（僧歸攝度）
荷笠提筐笑拍肩，朝朝采藥翠微巔。覺蓮苑畔雲遮徑，好聽鐘聲認寶蓮。（樵遇覺蓮）

次智照韻晚登法華塔

凰鳳山在香壚西，水遶雨封路轉迷。知有僧伽持正定，每登窣堵對清溪。莊嚴相起莊嚴念，去住心從去住歸。見否南來新雁字，隨陽飛度影高低。

用前韻答智照

一時法會在靈山，幾日龍華道上還。恰見波翻魚圉圉，微聞風動鳥關關。六根明慧他心覺，百劫遷流性自閒。難得及身聆妙諦，重來料我不緣慳。

次韻智照乙未長至日登華嚴塔

夢魂昨夜東海東，三山宮闕何豪雄！歸來顧影雲和月，還復長歌風入松。漠漠飛鴻留雪印，泠泠鶴唳接霜鐘。偶然回首住心處，五色流霞明太空。

次韻智照乙未十一月廿七夜奇寒詰朝見冰

喚起吟魂每向晨，玉壺心事記春冰。疏狂似我難成佛，梅鶴隨君共結鄰。冷月草橋蹄得得，空山泉石漱振振。腐儒未解聊生計，禿管何如三百囷！

謝智照寄贈鐘花二枝附七絕三首拜步原韻

尺素書封寄使君，兩技花折付行人。行人也解和南意，報導山中好個春。
色相何曾染六根，拈花笑問索花人。羅浮舊夢空相憶，來去優曇劫後身。
枝枝穠淡對雙峯，朵朵華嚴塔角鐘。意影心聲共一合，微塵無處不相逢。

步智照原韻兩首

未把疏狂結習除，狂生端合九夷居。送窮賣懶嫌多事，藜藿齋鹽且自茹。新雨撩人知有意，寒梅無侶欲邀予。可堪茶當屠蘇酒，一盞清涼萬念攄。（除夕）

正朔猶開歲建寅，編氓海涘慶元辰。願憑贊禮諸天佛，開卻浮沉百劫身。花放千鐘鐘欲響，心棲萬樹樹無塵。壯懷漸與人俱老，辜負芳華歲歲春。（元旦）

丙申上巳後一日重遊昂平用易公少蘭原韻贈智照大師

一別道生久，塵埃染鈍根。殷勤度迷障，杖錫倚三門。
種月栽雲手，山花野草春。東風舊相識，笑語再來人。
茗苦詩腸澀，更深籟氣清。鳳山鴻爪錄，今夜又題名。

用前韻七絕三首

一春倦聽鵑聲滿，何處靈音淨耳根？廿里山花山草路，晚鐘斜日到雲門。
春光已過三之二，佛地依然錦繡春。須曼優曇三百本，詩贈猶是種花人。
佳句每因依韻好，新詩曾是飲茶清。雲腴一束贈盈手，紫貝天葵最有名。

寄懷寶蓮寺半角僧明慧

半里疏鐘半角僧，一峰彌勒一龕燈。光生般若無邊界，人在華嚴第幾層？偶遇虎溪招惠遠，還來鳳嶺笑孫登。空山月照禪心靜，島也新詩瘦未曾？

用前韻酬昂平智照明慧兩師

覓心見性又何曾？許我須彌拾級登。寶髻放光光萬丈，浮屠瀉影影千層。有爲福德漏無法，無盡生涯闇有燈。幾樹菩提明月照，一堂雲水兩詩僧。

三用前韻謝明慧寄贈心經透網一卷

提婆百論讀何曾？彼岸憑君度我登。驛使傳經經一卷，潮音透網網千層。辯才具足知無礙，苦海娑婆賴有燈。願得因緣異時熟，不辭低首拜高僧。

四用前韻卻寄明慧師

草墩斜日晚何曾？負鼓盲翁蹀躞登。牛背笛聲歸緩緩，山巔雲氣湧層層。雙林紫竹幻人境，一派紅霞染佛燈。似我塵勞堪作客，從知澹泊不如僧。

答智師端午寄懷拜步原韻

零落生涯老一庵，離憂騷怨讀何堪！瀟湘莫返孤臣棹，海涘空投處士簪。少會難期虛夢寐，新詩頻索太貪婪。由來萬卷書無用，我亦蹉跎類蠹蟫。

丙申立冬後二日到昂平宿寶蓮寺兩宵得雜詠六首呈明慧智照兩師

秋風邀我上昂平，碧澗青松舊結盟。十里佛光園在望，斜陽一路晚鐘聲。彌勒峰頭夜放光，峻嶒犖确忽康莊。分明示現燃燈佛，接引人登選佛場。

自東涌登昂平，半途天黑。智師提燈至大東山坳來迎，俾免摸索之苦。

重來又遇立冬天，繞徑黃花晚更妍。霜月半牕傳擊柝，枕邊涼夢鳳凰巔。

去年立冬後十日登鳳凰峯觀日出

十幅冰綃薄裏綿，飄飄人似霧中仙。闌珊燈火迷離望，隱約蓮池傍寶蓮。

來山翌日，剪風零雨，濃霧漫天。霧中山行，別有奇景。

天人眷屬結緣多，盡道朝山禮佛陀。淨土本來隨處有，思量無奈此心何！

週末來山遊侶頗多。

歸路薑山大鹿湖，幾回拄杖立合踟躕。雙螺送我殷勤問，三月鵑花有約無。

步原韻和智照詠白桃花

休將冷豔比梅花，恥傍孤山處士家。色相何年皈解脫，臙脂無夢憶芳華。青谿欲返漁人棹，金谷還裁越女紗。今日崔郎倍惆悵，春風相識賸流霞。

丁酉元旦後三日赴澳舟中望大嶼山有懷明慧智照兩師

隱約雙峰見鳳凰，深深雲影護禪房。白桃花放一池雪，紅杏雨飄三徑香。殿角燕歸經課晚，日邊輪轉法音長。當前便是菩提岸，我尚中流五欲狂。

步原韻和智照丁酉元旦登華嚴塔

晚秋時節記登臨，紅葉霜風野色侵。又報雞聲元旦日，偏驚蝶夢遠人心。望中多寶舒靈氣，嶺外雙峰遏祅祲。一卷華嚴自觀想，石蓮花發海潮音。

沙田十首

丁酉人日後三日，智照師來自昂平，下榻沙田易公少蘭及其壻梁少峰旅寓，兼約施丈憲夫、李啓四兄。西窗夜話，小閣聯床，殊勝因緣，僉以難得。維時冷雨凍風，不減遊興。步西林，望萬佛，叩慈般淨苑，過曾家大屋，供齋寶靈洞，碧水青峰，饒增客思。暢遊兩日，智師又遄返嶼山，來去倥偬，依依未已！得紀遊詩十首，以誌記云。

有約娑婆乘願來，春風無地著塵埃。不於汀九尋杯渡，爲向孤山訪雪梅。

小樓新被佛燈光，花散維摩滿室香。知是易家賢丈壻，飯僧兼約李施梁。

剪風零雨過西林，倚竹空懷翠袖心。翹首煙雲最高處，一堂萬佛響靈音。

圍爐天氣爇心腸，紅荳調羹蜜作湯。明日天涯今日客，最難風雨夜聯床。

遠山如黛水如藍，細草平堤露氣涵。曾是他鄉風景異，沙田山水似江南。

曾家廣夏自成村，早爲流氓結樂園。寂寂房櫳聞吠犬，幾疑身在武陵源。

雙溪流水澆慈航，十幅長幡禮佛堂。願向蒲團低首祝，妄心退轉到疏狂。

一庵般若築臨崕，十地菩提住幾階？法相莊嚴三寶殿，如來供養八關齋。

莫歎離群但索居，來時去日總如如。憑君收拾陳蕃榻，孺子而今不姓徐。

偶見閒雲欵欵飛，偶逢夕照想朝暉。偶然相識偶然別，偶送春光浩蕩歸。

卻寄智照步晚眺原韻

餘生有分戴胡天，心事山橋草澗邊。麥秀黍離當野色，馬嘶牛喘異哀弦。圓於朗月融於水，靜比閒雲淡比煙。聞道諸緣生慧覺，才人老去例逃禪。

再用前韻寄智照

彌勒峰高欲接天，扶筇人立鳳凰邊。商量大嶼新花草，惆悵東山舊管弦。野鶴一聲雲外嶺，斜陽半角暮中煙。春心動靜誰能了，慚愧書生未解禪。

書懷寄智照三用前韻

野棠花放鷓鴣天，細雨遊絲鬢髮邊。一角湖山留蝶夢，十年鄉國換鯤弦。榮枯世事園中草，澹泊情懷嶺外煙。銷盡他生文字障，試抄經卷試參禪。

丁酉穀雨前一日，偕李四少峰自東涌登昂平，途中大雷雨，衣履盡濕。抵寶蓮寺，煙霧迷漫，留連三日，遊興不減。得七律四章並呈智照、少蘭、憲夫。

輕舟幾度渡江來，合把遊心契蘚苔。芳草綠迎行客至，遠峰青傍濕雲開。疏林曲澗千重雨，迴谷層崕百面雷。喜有醍醐甘露味，淋漓人上妙高臺。

陣陣風吹陣陣煙，薄於蟬翼白於綿。輕盈搖曳鳳凰下，濃淡扶疏蛺蝶穿。變幻悟將無二法，昂平應是第三天。此情此景宜收拾，好向胸中著意填。

力人王平告我語，大嶼山有三天，大澳一天，鹿湖第二，昂平第三，以同一時間而天氣變幻不同也。

莫道山僧鎮日閒，朝來風雨最心關。空階落葉和雲掃，半畝新苗引水環。四月白黃正月種，繞籬松竹倚籬刪。何如我有閒滋味，笑問當前若箇閒。

積月相思兩日談，菜根芋餅味醰醰。龍山帽向春風落，鹿苑詩催夜雨酣。萍梗生涯遲海角，杏花消息望江南。何年買得青溪住，禪榻爐煙共一庵。

李啓於途中帽隨風去，追尋不可得。

柬施憲夫代札

聞道忙於日看山，清漪石澳又荃灣。驕陽驟雨欺人甚，布韈笻枝帶莫慳。

昂平三月拂遊絲，有個山僧託致辭。望斷西灣河畔水，潮來潮去總相思。已熟黃梅立夏天，江聲鼉鼓響龍船。兼旬便是詩人節，定有新詞寄我先。

四上昂平歸來有懷智照上人三首

記得來遊大嶼山，東風料峭春閒閒。何期煙霧送歸舟，從此春光去莫留。雨灑梵經佛生日，花飛紫陌人倚樓。野棠落盡無消息，四月白黃開也不。

如此深情無處覓，煙飛雲舞送行色。一回拄杖一回頭，雲自還山水自流。明滅雙環窺半面，海天一線隔輕舟。縱教五上華嚴塔，塔上風雲已九秋。

遠公送我虎溪東，鴻影還留去後蹤。去目叮嚀記宛然，難忘風雪訪沙田。晦思園在雲腰上，萬佛堂懸雨腳前。已漸橙黃又橘熟，幾時重續舊因緣。

八月朔日鹿湖道中

溪橋無恙我來頻，雨快風輕秋意新。已見三開蕭寺菊，何妨一夢葛天民。雙螺半面妝如洗，獨鳥南枝影自親。日晚鹿湖歸步急，出山泉送下山人。

九月十九日憲丈有沙田之約久遲不來書以寄懷並柬智師及易公李啓

憶自春歸去，經秋忽復冬。故人隔一水，風雨張千峰。紛紜世間事，聚散浮萍蹤。記淂沙田約，遊屐時陪從。摩挲西林竹，徙倚東覺松。雲霞最深處，樓閣隱蔥蘢。香飄舟桂樹，音演梵王鐘。下視蓬萊苑，去天還幾重。霜風掀我袂，爽籟羅我胸。招邀易與李，及此參機鋒。勝境與良會，因緣難再逢。好當樂吾樂，莫笑庸人庸。盛意鑄心版，至今常敬恭。重上晦思閣，亂草鳴寒蛩。依然舊相識，岩泉聲淙淙。

丁酉大雪前夕與智照大師自大澳步月登昂平宿寶蓮寺

頻年眞有鳳凰戀，雨意冬心六度來。幾點雲飛千樹繞，一輪月照萬山開。鐘聲遠近遲行履，竹影參差動草萊。善友勝緣清淨境，根身無處著塵埃。

贈源慧

去歲筏可大和尚弘法檀香山，演講十善道、業經，源慧侍焉！源慧師事海仁大師，授楞嚴經。

贈訊阿難海外歸，法輪曾共日輪輝。殊方俗尙唯隨物，十善經傳可契機。定有金鬘飛白傘，還從寶相認緇衣。鑽頭灘畔龍華會，多少人天禮小威。

拜首阿彌陀佛林，廣長舌妙演玄音。半天霜月琉璃淨，一卷楞嚴信解深。便以心燈觀萬法，巧將法意照他心。從今了覺吾之見，不向通明壅暗尋。

戊戌寒食日阻雨遂負嶼山之約寄懷智照上人

柳舞花飛又寒食，山盟雨約長相憶。幾番歸夢故人心，一種閒情芳草色。欲聽雞聲話晦明，可憑燕語傳消息。海西今夜正東風，吹遍南溟煙水碧。

戊戌清明宿昂平寶蓮寺，七度登臨，霧裡遊蹤，不可無詩以記之。

山南山北霧中行，萬象迷離幻有情。人立路疑枯樹直，客隨風聽小蛙輕。群鴉啄葉穿雲去，孤犢拖犁帶雨耕。眼底莫論天地窄，一微塵裡任縱橫。

戊戌穀雨登大澳薑山觀音殿

暖風邀我度薑山，行腳溪聲嵐影間。萬木蔥蘢兩楹殿，三峰羅拜九回環。從教淨土勝仙鄉，靜室今成選佛場。千手觀音無量願，悲心許挽眾生狂。出山泉想在山清，石咽溪流欸欸情。指點鳳凰峰隱約，煙雲深處是昂平。

次韻智照鯉魚門二首

來潮去汐上中環，燈塔巍峨礁石間。午日漫漫雲影淡，客心曾共白鷗閒。

魚躍鷹揚矯矯姿，蔚藍天覆漢旌旗。伊川今已非王土，猶許蟲沙泊海湄。

和智照端午原韻

招魂千古事，付與弄潮兒。舊俗循三楚，流風被九夷。示民同好惡，有客獨傷悲。極目西灣望，群龍逐鼓旗。

八月二日二更自大澳登昂平智師攜燈迎於吹風坳

幾兩遊山屐，招邀登古漁。炊煙添暝色，暮靄接村墟。雨過溪流急，峰回石徑紆。疏鐘靈隱寺，拄杖立須臾。山行愛落日，晚翠映浮屠。鳥有還巢戀，泉無出澗圖。[illegible]，五里杖藜扶。彌勒峰前路，今宵風露殊。

寄智照

上人幽棲近岩壑，疊嶂蒼蒼雲漠漠。會得非非非想心，遂有浩浩浩然樂。茶烹愛汲在山泉，客至邀登指月閣。幾度華嚴塔角鐘，九天梵韻玄音落。

再寄智照

又遇雙星節，閒階一雨秋。霜侵黃菊瘦，風颭白蘋愁。雁訊歸何許？蟬聲唱未休！西林明月夜，雙槳再來不。

戊戌七夕次智照韻

不辭稽首拜雙星，願與銀河共太平。砧杵不敲秋夜月，牛郎從此罷長征。

暴風雨未止智師匆匆返昂平因以寄懷

故人來時風雨至，風雨不歸故人去。風橫雨狂一葉舟，山腰嶺脊初更路。因緣猶自話清涼，聚散無端成指顧。夜半西窗歌枕聽，心香爇禱秋光曙。

偕少蘭詞長智上人暮登太平山次智師原韻

香爐烽高不可攀，飛車人立暮雲間。斜陽鷗鷺千重水，滄海鯨鯢萬疊山。獨鳥未歸胡地月，九龍誰識漢時關。當前便是摩星嶺，直欲盈筐擷摘還。

智師原句：峰遣亂雲攙赤柱，海街斜日照青山。

十上

十上風門坳，秋心入杳冥。新堤環石壁，小嶼隔零丁。縱目蒹葭遠，填胸丘壑平。憑攔暫延佇，繾綣夕陽明。

十上華嚴塔，海天一色秋。風帆過嶺腳，霜葉滿溪頭。贊佛藏經閣，燃燈指月樓。願聞眞實義，解我客塵憂。

偕智照遊石崗凌雲寺

觀音掌上淩雲寺，殿角高懸指印間。廢沼蓮花紅寂寞，斷牆苔蘚綠斕斑。憑欄縱目華夷界，踏草行歌菩薩蠻。閱歷百年生住滅，一龕燈火照慈顏。

有懷用智照遊圓通寺韻

一翼高飛淩太空，玉京碧落許相通。沉沉霜露星辰夜，歷歷煙波水月宮。金粟祥光搖作海，紅魚清韻響隨風。分明大嶼雲深處，咫尺須彌芥子同。

讀智師五八年除夕感賦並用原韻

歷歷神州劫火紅，磨旋群蟻沸湯中。當風襟袵人俱在，似水因緣日向東。首亥建寅知有別，來年今夕將毋同。韶光暮共朱顏改，搖落江關一放翁。

戊戌臘八後一日渡頭候智師自嶼山至口占四首

北風吹浪浪白頭，黃昏渡口客凝眸。海東初上剡溪月，曾照當年訪戴舟。

已過山中臘八期，寒梅應遍嶺南枝。冰心不見慈悲面，春到人間那得知。

一舸梯航彼岸來，祥雲光護九龍開。千心百意齊稽首，萬派潮音唱善哉。

捧袂依稀回夢痕，萍蹤會合也銷魂。憑君珍重西窗夜，明日天涯且莫論。

寄懷智照上人

試上層樓望鳳凰，鳳凰雙闕鬱蒼蒼。屯門草色餘杯渡，石壁江聲欲鼓浪。天外簫心曾爾許，雲間劍氣忽相望。當年夙有鶣花約，消受昂平幾夕陽。

己亥二月十一夜至昂平候智師疾

相思欲寄鴻魚杳，不爲鶺花有約來。藥椀病床燈一室，笑顏迎向故人開。

二月十九觀音誕日登昂平雜詩四首

（一）

葉葉舒青眼，山山障碧紗。春光在何處？一路野棠花。

（二）

故人松栢健，嶺外夕陽多。零露滋幽草，禪心遣病魔。

（三）

冷冷觀音殿，沉沉地藏鐘。老尼營葬地，白塔峙雙峯。

密宗比丘尼了見，持咒撞鐘，行持嚴謹。年且七十，自營塚于鑄鐘舊址，並築塔繞之，去年底化去。

（四）

希有楞嚴會，蓮花九品開。朝山千萬衆，都爲布金來。

寶蓮寺楞嚴法會二十一天，善信來山，絡繹不絕。

己亥夏宿寶蓮寺十一日

勝游十日住昂平，鹿苑僧伽舊友生。攀磴尙誇腰力健。聽泉如洗耳根清。鬢絲禪榻香嚴飯，夕梵晨鐘小化城。暑氣欲隨涼雨盡，鳴廊昨夜有秋聲。

己亥初秋與智照遊馬交，遂驅車抵關閘下，望前山，眺三㢠，日暮徘徊。御人促歸去，曲江野老，涕泗無從，賦以志懷。

望裡華夷界，停車日正曛。十年人去國，咫尺雁離群。隔岸傳刁斗，邊城起暮雲。江頭哀杜老，不敢話榆枌。

偕智照遊澳什詩四首

同舟風雨夜聯床，秋水蒼茫秋氣涼。總爲故鄉歸未得，新來結伴只他鄉。
矮屋層簷好作家，門當小巷石梯斜。呼兒治黍留佳客，八十慈萱自捧茶。
南灣媽閣又西環，樹影潮聲石塹灣。一抹明霞紅欲醉，輕車笑語兩閒閒。
千里江聲入鏡湖，河山一角小方壺。遺民淚共流氓血，點染斕斑鄭俠圖。

智照再疊家韻和作附錄：故園南望可無家，海角風橫日未斜。卅載酒痕憐滌盡，舊醅休試試新茶。

智師腰足小恙，斗室趦趄，賦詩兩章見寄，因廣其意奉和一首，拜以寄慰。

烈士胸懷薄湖海，美人顏色妬燕支。生當國破家亡日，悟到花飛葉落時。世法即今都戲論，天恩厚我亦仁慈。根身好共心安住，莫謂能醫不自醫。

寄懷智照並候足疾

漸老丹楓涼氣深，新瘥腰腳好行吟。清幽蘭若能容膝，浩蕩乾坤可放心。回雁已過秋訊息，鷗盟肯逐浪浮沉。大東山畔西風急，莫遣霜雲帶雨侵。

重遊青山東明慧上人

龍泉鹿苑偶經過，斜照西風喚渡河。一自蓮華宣妙法，海潮音滿青山阿。已報南枝嫩蕊開，護霜雲影接樓臺。灣頭鷗鷺迎人問，甚日重偕杯渡來。

明慧僧年五十二用原韻卻寄

寄歸曾自海之南，水遶山圍佛一庵。窣堵鈴招風笛奏，曼陀花發露珠含。傳神筆影黃金粟，妙色根移白玉簪。從此頓超菩薩位，趙茶雲餅漫同參。

臺宗以站薩乘階位為五十二

次韻少蘭詞長嶼山憶舊二律

層岩百丈振衣輕，款款雲如出岫迎。是處昂平堪小憩，當時雨雪罷長征。生河倒影迷離望，哀樂中年次第成。商略寒山與捨得，鳳凰池水濯吾纓。

臥聽泉韻響琤琮，人在春雲第幾重？劍氣簫聲諧雁柱，霞飛煙舞異狼烽。漫尋蕉鹿醒時夢，猶記泥鴻去後蹤。紅葉故山秋更好，莫辭攜醉一扶笻。

辛丑重陽前五日寄智照

退院潛修清淨福，風華懺我廿年遲。薄留世味非忘世，緣有悲心起大悲。幾樹杉松環遠舍，一龕燈火笑袁絲。宵來夢向昂平路，商略黃花九日期。

智照師荼毘壬寅冬十一月

銀笛聲嘶火葬場，松枝橡葉伴黃腸。戒經一卷回環誦，百六緇衣拜兩行。

牌位靈臺殿角東，油燈青映佛燈紅。羈魂定有安排處，淨土彌陀共一龕。

曾記當頭月滿身，鹿湖風露兩行人。六年今又昂平夜，獨吊蓮花石上魂。
病榻書椷未忍開，幾回悵望巨卿來。海潮音繞梁州夢，寂寞魂歸只自哀。
虎變鷹揚舊霸才，著衣持缽亦傷哉！長沙灣是西州路，幾度羊曇慟哭來。

和施憲夫

余每懼浮沉文字海，不能自拔，三年來已廢吟詠。頃李啓以施丈乙已秋追感亡友易少蘭及智照師七律一章見寄。捧讀回環，舊遊歷歷，指月樓前，道風山麓，都是行吟之地，寧禁生滅之思。昂平排頭，緣疏行脚，匪無因也，爰寄哀感。依韻和一什，拜柬施丈、李四，共憶十載龍城，風雨人來好彩樓句傷悼無已，隱並識。

閻浮碧落事茫茫，人在東南西北方。瓶缽去來虛鷲嶺，葛裘冬夏渺嵩邙。風山雲護先生宅，月閣塵封舊日房。

朋侶即今矜細律，每從落筆想王楊。

易公少蘭週年祭

宋皇臺古共徘徊，品茗評詩日幾回。風雨一樓非好彩，何時入夢故人來。

慈雲佛殿禮空王，願度詩魂到上方。是處若教逢慧遠，鬢絲禪榻話偏長。

依韻卻寄施憲夫並柬李四

駘蕩春歸南國早，笙歌十萬壚峰島。金燈綺席昔年遊，華鬢朱顏人未老。未老人思酒力微，百盃一石知音稀。難除結習疏狂態，已換年時舊錦衣。共是梁鴻去桑梓，謫仙謂李啓希聖施肩吾字汪來子明易為昇，號汪來子。廬山慧遠謂智照幾經過，三笑虎溪方外士。傳杯擊砵日康娛，鳬侶鷗盟興不孤。寸鐵肯持呼白戰，千金許換到黃壚。何期春滿桃源洞，回首事如前日夢張來句。鳳凰峰下禮茶毘，般若庵前悲葬送。成安村舍老愚山，易緯青烏儒道間。市隱計然仍杵臼，梅松竹友尙人寰。人寰今又春陽節，當莚當莚愛聽弦音烈。但願長爲擁鼻吟，不教更賦銷魂別。莊生昔作逍遙遊，尺鷃榆枋志易酬。記取禪心印明月，坳堂杯水繫虛舟。

著衣集

壬子夏六月黃思潛題

自癸巳至壬寅，又九年，著衣持砵，入舍衛大城，鄙事之餘，不廢吟詠，得律絕若干首。每多憂幽愁苦之詞，亦錄存之，當時生活一節，聊爲誌記云爾，隱識。

癸巳人日

歲不因人自去留，留將點線拌新愁。衆生今日皆生日，舉世同仇九世仇。未報王師歸禹甸，微聞海客話瀛洲。新詩欲寄洪喬誤，鐵幕雲低鎮海樓。

九日遊青山寺

十年有願訪青山，願也依然付等閒。恰是我生初九日，來參禪破第三關。韓碑宋殿潮音外，翠竹蒼松夕照間。南服肯留清淨地，從今不自歎緣慳。

九龍城侯王廟用辛卯韻

南朝舊事記猶新，草莽艱難有幾人。寸土尺心心已碎，百年一夢夢非眞。遺民歷歷紅潮劫，狄騎騣騣紫陌塵。忍見伊川淪左衽，隨陽哀雁去來頻。

早渡

碧波湧日照琴臺，小徑紅花笑臉開。聞道盛年貴朝氣，朝朝朝氣逐人來。
虎虎北風浪作花，平明江上響胡笳。樓臺燈火餘殘焰，此是桃源十萬家。
春風最早歸南國，二月杜鵑已著花。絕似西樵紅躑躅，無端躑躅到天涯。
我家世世濱南海，我遂飄零南海南。垂老尚爭雞鶩食，枯魚七葉豈無慚。
壯不如人老更差，腰慵舌咄眼微花。依然負鼓登場去，五里樓船十里車。
出門惘惘趁微明，日日勞人第一程。霧裡笛聲江上雨，十分無賴此時情。
春雨宵來歷亂聲，今朝枕上祝新晴。石梅雲落臙脂色，爲怕相看涕淚盈。

四月五日復歸茂誠

尋巢燕子又歸來，風揭簾櫳向曉開。還似春光四時節，幾回惆悵幾徘徊。

暮春

開到荼薇未落時，東風吹夢去遲遲。春光也許長相伴，但有春心不可知。

松山春思

池水紋生料峭寒，倚欄人自怯衣單。煙迷隔岸鄉關遠，浪湧長天舟揖難。異代江山仍故故，明朝風雨定漫漫。海隅久客無歸計，夢裡春婆夢已闌。

謁錫公墓　六月二日英王加冕巡行

百忙難得有閒時，來讀灣頭墮淚碑。猶似當年營葬日，罡風狂狹雨雲吹。
隔岸喧闐會景遊，獨憐冷落此荒陬。平生不慣因人熱，今日尋君君在不。
斷續枝頭小鳥聲，墓門底事太淒清。黃沙白石青青草，多少人間未了情。
兩行熱淚清於酒，一瓣心香化作煙。萬一大招魂可至，寧無好語慰重泉。
仲子新傳博士名，室家事業兩相成。勸君莫論齊非偶，別有兒孫一代程。

幼子三年洗腦回，人生歧路尙徘徊。舊家雅有溫情在，老母門前徙倚來。
夫婿依然伴母居，柳陰垂綠護芙蕖。不教重利輕離別，黃卷生涯樂有餘。
十年流水行雲意，翻作深恩淺愛嘗。豈有安貧甘賣履，幸無遺語囑分香。
嫉風妒雨已全消，孝媳賢孫解寂寥。此願半生償未得，從今不自意迢迢。
喋喋家常細語君，歸魂縹緲可知聞。今生了卻前生業，莫記殘宵舊夢痕。

癸巳端午澳門

佳節歸來一省親，匆匆去住異鄉人。西環昔日行吟地，無復煙雲自在身。
街頭不見靈符賣，客裡端陽寂寞過。午日鏡湖風緩緩，羈人心事托微波。

訪憲夫

西灣河畔路，來訪高人家。入座數峰碧，當門一徑斜。漫云陋室陋，已絕嘩聲嘩。
忘我客中客，清談興轉賒。

晚步

紅霞明淡幾黃昏，不映秋波映淚痕。瑟瑟西風落黃葉，由來此地最銷魂。

癸巳中秋夜港澳舟中

大嶼山頭明月明，鯉魚門外清風清。金波萬頃輕舟輕，我自團圓影與形。

一月二日登錫公墓

六月一日又二日，半載重來謁墓門。燼燭斷頭香尚在，飛花含淚草無言。淒風吹換三年別，冷露寒生五夜魂。賸有酸辛兩行淚，歸鴉相伴日黃昏。

除夕港澳舟中口占

東風吹雨太纏綿，臘盡歸心客夢牽。歲月催人容易老，一生送得幾殘年。

一江濃霧笛聲馳，繾綣冬心欲去遲。恰與春光競先後，歸來年夜未闌時。

甲午元旦西環漫步

鏡湖一自秋風別，重到西環歲已更。鴿首紅錢飄蕩漾，魚竿綠影點輕盈。新詞入破釵頭鳳，好夢驚傳葉底鶯。陡倚石堤欄外望，孤懷空遶暮潮生。

欲探

欲探向曉春消息，霧海煙峯無處覓。窗外聲聲杜宇啼，花前點點紅顏色。

甲午清明恰又上巳

今日清明三月三，十年征夢憶龍南。鵑紅梨白春光滿，蝶舞花飛酒意酣。水沒斷橋連夜雨，峰懸曉日接雲嵐。可堪景物都塵跡，剩把勞生抵死貪。

錫公四週年祭 用前韻

不墳重讀屋梁篇，春霧秋霞歷四年。漸杳歸魂入我夢，尚留心事索人研。憐才獨賞周郎傲，知己誰如鮑叔賢。記得定南疏散日，破車殘雪古城邊。
碑石空題死後名，盛名朽骨兩無聲。遙知泉下歔欷感，猶憶人間冷暖情。銀漢謫星光黯黯，瓊樓爐燭夢縈縈。百年未滿因先了，心共江潮到岸平。
藍天綠水遶青山，水契山盟願可還。曩日橫眉羞唾面，今朝放眼定開顏。重逢亂世皆辛苦，小憩勞生莫等閒。骨相欲隨秋草腐，靈光寧久托荃灣。
相逢魚水便相知，韜略文章媿作師。苜蓿盤盤何冷落，松楸樹樹可哀思。神遊故國今奚似，屋換荒邱信有之。太息端廬窗下語，雨聲燈影夜遲遲。

慰施文步原韻

寒塘月落起哀鴻，天半樓中共苦衷。蒼水頭顱羞陷賊，玉關涕淚悔從戎！何多謠諑晨張網，如此風波夜轉蓬。人境邊緣無去處，疏狂我亦怯途窮。

七月十二日堅兒姞婚

我未癡聾便作翁，作翁而後解癡聾。盛年四十又四年，逆旅人生邁步中。
娶婦生兒兒娶婦，錦衣玉　況年輕。里程碑上新題記，跑到長途第幾程。
二十賢孫四十兒，歡欣笑展老人眉。膝前跪捧茶盤晉，可憶嬌啼索餅時。
十里驅車到錦田，相逢難得各歡然。竹籬板屋逋逃地，放鴨招雞自在天。
今日銜杯忘去日，當年策杖是何年？岡州南盡吾鄉土，可勝笞流青海邊。

去開達

奴顏五百四十日，嗟來七千三百金。別有一番人世味，心頭口角自沉吟。
江郎未老才先盡，喚馬呼牛應付難。縱使無家歸亦好，英雄淚不向人彈。

夢西環

半年不作西環夢，夢裡西環似舊時。落葉微風聲細碎，蘸花殘月影參差。雲屏翠映松山路，燈火光連媽閣祠。幾樹櫻桃紅又落，未應歲歲負佳期。

漁舍燈昏倦網收，驚濤拍岸幾時休。望洋我向東西望，流水人分南北流。一自白鷗盟負了，而今青鳥信來不？碧波淼淼無消息，涼露娟娟漸作秋。

九洲極目片帆飛，昨夢相逢今又非。羅韉玉釵人去後，西風南浦雁來稀。雕欄黯淡朱顏色，砌路斕斑錦地衣。心事落花隨蝶舞，隔牆回首倍依依。

柬憲夫

乍涼還熱立秋天，海雨雲嵐變萬千。寄語結廬人境客，披襟莫向晚風前。

立秋

三日暴風雨，今朝欲放晴。不知秋訊息，但見青山青。

送唐侶讓赴臺十五首

余與唐君總角論交，兒童知己。其後宦海殊途，相違十五載。年前彼此避地鏡湖，偶藉櫥窗題字，詰訪重逢，細訴平生，歡懷無既。尤其匪石之心，固窮砥勉。迺者唐君奉召赴臺，海外佳音，孤懷振發，詩以送之。並以感舊云爾，並識。

送君東去鳥投林，可慰支離破碎心。五載辛酸滋味在，破家亡國恨難禁。
十五十六少年遊，留得眉梢點點愁。夢裡滄桑三十載，漫將往事數從頭。
少小相逢第一班，新書墨瀋瀉斕斑。聖經頁頁多生字，念誦難於過五關。
君家鄰傍茂林園，放學歸來不叩門。欲買珠鱗三兩對，傾囊齊湊小銀元。
西來初地華林寺，古佛莊嚴羅漢堂。五百頭陀誰我似，殷勤燒派手中香。
廿年不到施家巷，華屋曾爲瓦礫場。棋陣書聲童伴侶，幾回揮淚話何郎。
不成事業但成家，勇氣能隨負累加。今日大兒都娶婦，寧知過去盡偏差。
本以名高視利輕，奈何亂世賤功名。半生未把名虛負，卻被虛名負半生。
書生挾策愛從軍，鹽鐵能論動使君。宦海狂流銷壯志，生涯無術任淩雲。
纔見東夷夜撤兵，又聞篝火野狐鳴。匹夫況有興亡責，罪犯應題小吏名。

避死爭投羅刹場，觸蠻蝸壆逆參商。無端蹀躞街頭望，笑認秋蛇字兩行。
久別況經離亂後，重逢徧在旅愁中。悲歡莫訴當年事，華髮新霜兩鬢同。
香爐烽下鏡湖邊，悵望零丁水接天。去日艱難來日苦，蟲沙猿鶴意淒然。
我今不樂長相聚，但願隨君滄溟遊。東海揚波二萬頃，凱歌高唱入神州。
執手依依訂後期，越王臺上漢旌旗。舊遊指點灣頭樹，知是蟬鳴荔熟時。

十月廿二日離茂誠

地近黃公賣酒壚，舊鄰還有笛聲無？霜風吹落蕭疏雨，冷冷愁心客夢孤。

屯門麒麟崗

麒麟崗下屯門水，想像風波杯渡時。出世佛曾先入世，有爲道本貴無爲。異同法度齊民術，夷夏師尊三聖祠。我亦腐儒才漸老，擬從忠恕悟慈悲。
龜麟鼠鹿護青山，法杖文旌舊往還。秦火尙遺儒道籍，孔林新靚佛陀顏。滔滔淥水東南溟，草草流氓稼穡艱。殘照西風兩楹殿，鐸聲何日振愚頑。

登太平山用前韻

壚峰高處望雲山，一段鄉愁未許還。此地樽前多白眼，今朝鏡裡尚朱顏。無家我今家山破，去國人思國步艱。寄語嶙峋岩下石，臨風莫羨點頭頑。

贈李啓

恰是青蓮刼後回，亦詩亦酒亦奇才。雄心萬里縱橫淚，行腳卅年躑躅來。無奈未通諛世術，可堪相勸壓愁杯。江山似畫人如玉，珍重疏狂晉楚材。

再疊前韻

遇合知音得幾回，獨悲搖落有詩才。情懷蒲柳經秋減，心事江潮入夜來。霜月草橋孤客夢，雨聲燈影故人杯。嗟君磅礴淩雲氣，暫托夷門小用材。

三疊前韻寄少蘭憲夫李四

奈何百戰曳兵回，廿載新論坎壈才。秋色暮雲心去住，月明故國夢歸來。花如顧影應留恨，酒不澆愁懶舉杯。寂寞亂山斜照外，畫將一角入題材。

海心廟

何年滄海此遺珠，一水魚龍片石孤。沙磧夕陽人欲渡，隔堤誰喚友邛須。

與憲丈、易老、李啓重遊九龍海心廟，悵然有懷。羊石海珠，夢裡家山。豈獨滄桑之感已也，再用前韻成一絕。

昨夢雙舲望海珠，銅壺漏盡客心孤。依稀二十年前影，立石流沙安可須。

步原韻卻寄施丈

五嶺以南，言峰巒之秀，莫過東西二樵。而西樵山鄰於吾邑，且先人之墓在焉！自違難海濱，歲歲有上河之感。讀憲丈冬至日感賦先塋一什，彌覺愴然，用步原韻以寄意。

夢別樵西不記年，鵑花連壑草連阡。笛聲牛背雲端路，樹影龍吟澗底泉。粉蝶飛殘三月暮，青萍散亂一池圓。從今夢也無憑處，久客心驚歲月遷。

甲午除夕港澳舟中步李啓原韻並呈易公施丈

余就食香江，自春徂冬，不遑歸省，門閭陡倚。母氏云勞，逮大除夕，附舟歸澳。李啓用易老小寒原韻，詩以贐之，燈火樓船，客心寂寞，沉沉天水，倍自愴然。爰步韻以謝之，並呈易、施二老。

舟移浪接海風寒，悵望零丁感百端。六載艱難羞作客，餘生頑健強加餐。不知歲盡春來早，已是星沉夜向闌。待得紅羊初刼後，板輿歸棹滿江干。

乙未元旦後三日，復歸香爐烽下，讀憲夫元旦書懷：「如此韶光人獨老」句，李啓四兄以為有風華零落之感，用廣其意以慰之並步原韻。

結伴春光渡九洲，春光邀我長相留。何曾彩筆還江令？合是詩人喚陸游。白社衣冠原上國，青山舲艇況中流。東風如醉花如錦，縱有閒愁且莫愁。

步易少蘭乙未元旦原韻

地異江南有賣餳，聲催臘盡客心驚。立冬幾日過元旦，浮海頻年望太平。空谷漫教寒翠袖，比鄰猶許接文旌。莫辭薄飲黃壚醉，花酒盈樽味似橙。

端午步施上韻

群龍江上動旌旗，最是懷沙欲賦時。九命有歌呼正則，大招無地寄哀思。不教媚世諛其面，獨解忠君諫以屍。爲語千夫莫相指，離憂騷怨付橫眉。

無題用前韻

簾外芳菲似錦旗，東風無語燕歸時。氍毹香冷心猶在，妝鏡鐙筍影自悲。懊惱歌翻調笑令，縱橫淚灑斷腸詞。桃花幾瓣紅於血，誰向江南喚掃眉。

立秋前一日偕李啓遊沙田萬佛

須彌劫後我重來，霧雨樓臺曉色開。萬佛有緣歸上國，幾人無淚哭西臺。願憑龍象金剛智，頓解蟲沙赤焰哀。倚竹聽泉涼入夢，欲攜秋思下蓬萊。

法相莊嚴萬佛堂，金身銅炬耀雲崗。燈明無盡秋心寂，飯熟胡麻午後香。不信蒼生如怖鴿，方佑護國有仁王。玲瓏七寶芙蕖現，露灑楊枝遍大荒。

風雨人來好彩樓五首

易公少蘭，施丈憲夫，李四啓文，與余為忘年詩友。輙于暇日，相聚龍城好彩樓頭，苦茗一甌，縱談今古，亂離得此，暫可賞心。然而易公僑厲沙田，憲文居島之東頭，李啓則厲西環，而余又蹴居龍城附郭。東北西南，難常約晤，況復鴻爪雪泥，易增明日天涯之感。爰以風雨人未好彩樓命句各賦一章紀斯會遇，他日掩卷吟哦，亦風雨故人之意云爾。

風雨人來好彩樓，濃茶當酒複清愁。相逢海角艱難日，莫載波心舴艋舟。已見星辰非昨夜，漸開蘭菊近中秋。可堪重念家山破，尙憶江南月似鉤。

風雨人來好彩樓，樓高座對秋山秋。足音訊杳雲端雁，心事桴浮海上鷗。末世銅駝荊棘恨，卌年鐵馬稻粱愁。琴樽轉覺滄洲近，空賸清狂唱六州。（步易公韻）

一角斜陽舊釣游，宋王臺下石灘頭。荒城蒿目餘狐鼠，塵海浮生似鷺鷗。剩把文辛銷俗慮，莫教砥柱礙清流。西風歸雁無憑據，暮雨蕭疏怕倚樓。（步憲文韻）

秋風相約上層樓，欲識閒閒秋士秋。小草蛩廬長吉在，相如詩債幾時休。漫隨王粲賦登樓，遠望零丁故國秋。忽見蠻花開似菊，扁舟心事此時休。（步李四韻）

簫心

簫心曾共結深盟，惜別空階落葉聲。門外天涯人未去，昏燈無語待平明。

沙田餞別席上留別李四

與君論交一載餘，勝我曾讀卅年書。酒徒浪子原知己，險韻雄文每起予。總有才情彌缺陷，慣從聚散識盈虛。香爐烽下鵑花約，猶記春風二月初。相識無端豈偶然，潮聲山色舊因緣。浮沉怒海今何世？蹭蹬名場又幾年。抵掌不關天下計，折腰都為筍魚錢。輕車十里龍城路，斜照獅山笑比肩。寧家夜夜夢難成，起聽鄰兒喚母聲。廿載征衣燈下線，五更香火佛前名。苾蒭長向春暉在，蓬梗能隨秋水平。我羨君家雙紫燕，北堂晨夕傍簾旌。菊花開近重陽節，知有扶藜望倚門。秋訊幾回催落葉，客心無那怯啼猿。故人杯滿殷勤意，荒徑苔留淺淡痕。他日登堂先拜母，開筵重與醉芳樽。

卻寄李啓步原韻兩疊

不隨星日論升沉，欲理焦桐鳴好音。泉石在山寧異趣，蘚苔緣谷喜同岑。春歸萬里如煙夢，月照孤臣若水心。此地幾經來去住，朝潮夕汐滿江潯。

蕭疏暮雨黯江潯，采采蒹葭惜別心。猶幸有家歸菽水，將毋遲我共苔岑。青峰寂寞秋顏色，白鳥嚶鳴微足音。聞道魚龍滄海闊，風波無定慣浮沉。

赴澳舟中占寄李四

隱約壚峯沒天半，依然江上青山青。重來莫負蘭頭約，東海群龍捧日升。

歸家

歸來何必歎無魚，稚子迎門母倚閭。自是天倫多樂趣，題橋從此笑相如。

松山雜感

一別松山春又冬，松山如舊萬株松。漫漫白日蒼蒼水，向晚風傳望廈鐘。
舊時風景舊時情，落葉沙沙著地聲。莫道黃花還有約，淒涼重論負心盟。
蛈蝶黃時燕未歸，花陰亭角認依稀。孤懷渾似秋心淡，寂寂霜雲冷雨飛。

謁錫公墓

杜鵑花落野棠開，蝶化魂歸幾度來。我自年年揩淚眼，錯看風舞紙錢灰。

乙未重陽步韻

寂寞登高節，愁心伴夕陽。黃花曾有約，白露始爲霜；北國滯消息，西風入莽蒼。
相逢欲相問，何日不他鄉？

代柬慰易少蘭小恙

我欲飛度獅山巔，朶雲冉冉下沙田。小園花伴高人住，半榻書抛午日眠。丹桂漸飄香漸遠，佛燈無盡照無邊。文殊善護諸菩薩，擬向維摩頌普賢。

乙未冬日偕易少蘭施惠夫李啓文遊沙田晦思園並謝易老招飲

一尊大佛一樓臺，丹桂紅梅次第開。應是娑婆殊勝地，石欄杆外望蓬萊。

有福名山幾度遊，晦思園畔思悠悠。寒天薄暮霜風急，還在雲霞深處留。

偪促難甘城下盟，橫車躍馬肯相輕！祇緣一著輸全局，何止詩壇笑曳兵！

雞黍招邀欵欵情，舊醅兼味二難並。可憐夙有深盃戒，猶自當筵恣品評。

輕車十里路回環，燈火初更近市闤。揮手排頭村外望，今宵人已隔獅山。

疊前韻寄沙田易少蘭

想像西林東覺臺，一枝梅已向南開。林逋去後孤山寂，若有人兮闢草萊。
捿心岩壑自優遊，恰比浮雲去住悠。十萬買山錢易得，名山先爲使君留。
年時每貞白鷗盟，移我北山一諾輕。賭酒敲棋都未調，詩壇從此不言兵。
萬象修羅雜有情，碧峰常共白雲並。化工著意誇奇妙，付與詩人細品評。
輕舟幾日到中環，十丈紅塵接市闤。何似沙田丘壑美，小樓相望道風山。

冬至步施丈韻

秋盡冬初至，忙忙歲月遷。一陽生禹域，七載戴胡天。梅蕚開何許？冰心記惘然！
他鄉人漸老，佳節自年年。

中秋步施丈韻

鬥酒邀吾侶，今宵汗漫遊。共看南海月，疑是故園秋。不缺金甌影，餘光素練浮。

嫦娥應笑我，漸白少年頭。

黎叔明除夕招飲

一杯酒送殘年盡，報導春歸又舉杯。綺席香花新歲月，紅歌綠舞小樓臺。栽成玉樹三姝媚，照取金蓮百福來。商略昂平觀日約，東風桃李爲君開。

舟中口占

扁舟今日趁春還，已過長洲銀礦灣。海闊忽疑歸路遠，風清微蕩客心閒。半弓新月九州水，一片孤雲萬里山。我有萊衣珍重最，高堂白髮尙朱顏。

卻寄李啓步送別原韻

聚太匆匆見太稀，明知小別也依依！人間眞個春常在，何必東風喚我歸。

易公沙田旅廬補壁 用東坡清虛堂韻

鞍山委婉接平沙，蚪龍奇氣行衙衙。雲水遠迷百重嶂，河陽新種一樹花。伯鸞且住會稽宅，子猷招隱野人家。疏影半窗東覺月，晚風十里西林鴉。獨坐幽篁發長嘯，醉煮白石擷仙葩。文章縱橫恣遊戲，理亂今古難梳爬。偶值鄰叟飲良醞，還呼稚子烹新茶。清涼夢醒悟禪悅，海潮音生聞鼓撾。蓬壺此處殊天地，倦羽飛鳴三稱嗟。何日結廬共昕夕，枕泉漱石餐流霞。

步憲夫丙申立春感賦二首原韻

省識天公動靜心，漫嗟人海共浮沉。繁花開落知多少？淥水瀠洄自淺深。哀樂徑遇成慧業，疏狂生計付詞林。悠然獨有南山趣，一笑誰爲梁甫吟？

願君早篆辛家印，商略來年故國春。一棹人歸胡地月，餘生自擬葛天民。讀書學劍原無用，酒意詩情倍可親。我亦等閒壽者相，祇堪老卻等閒身。

步易老沙田移居原韻二首

東風吹夢醉流霞，海角沙頭暫作家。有約陽春歸也未？明朝應許共芳華。

普靈洞口獅山東，小閣南窗對道風。宛似故園春色在，讀書燈映桃花紅。

九龍宋王臺用智照大師韻

平沙坏土宋王臺，百載興亡夢幾回？域外群山風景異，海心片石浪花摧。江流鴨綠波千頃，淚染鵑紅酒一杯。太息九龍靈氣盡，爐峯高處望崔嵬。

中興事業竟成灰，水繞孤城石作臺。尚許遺民簪白柰，空餘殘碣沒蒼苔。濕雲天半遮寒日，金盌人間異碧罍。細雨二王村畔路，圍牆高壘認田陔。

銀婚

紛紜二十五年事，蘆菔生兒芥有蘇東坡句。未了因成異熟果，新歡笑掩舊啼痕。探雛許我懷完卵，舞鶴依人愧乘軒。回首女床山畔路，還巢往事忍重論。

丙申上巳逢馮少甫

卅載無端參與商，相逢人已老他鄉。重論故舊都如夢，笑問兒孫各滿行。尚有寸心騰曉日，不教兩鬢點秋霜。桃花酒泛春風面，拚卻當筵醉一場。

欲探

欲探春色每依違，怕見營巢燕子飛。夾道鵑花紅似血，不如歸去我安歸。

登錫公墓　丙申

拂拭墳前拜桌坭，坐看碑石轉悲淒。行行字似垂紅淚，怪底啼鵑啼更啼。
六年景物未全非，依舊營巢燕雀飛。歲歲登臨寒食後，棠梨花落蝶來稀。

沙田訪易少蘭

來訪高人宅，還當對酒歌。閒情貽薄醉，小病喜新瘥。柳眼青如許，蕉心綠幾何？鹿湖秋更好，有約再經過。

步韻少蘭詞長丙申端午四首

猶見淩波短棹飛，珠江迤邐漢旌旗。可憐八載飄零夢，酒漬啼痕尚滿衣。
飆風狂挾海雲生，斷續蒲湘夢不成。故苑榴花紅也未？更堪江上鼓橈聲。
異地誰招楚客魂，箜篌一曲伴黃昏。千堆雪卷潮來去，留得平沙淺淡痕。
江國愁予望眼微，來時曾是雨霏霏。傷心重讀懷沙賦，愧向伊川話采薇。

易公生日席上

月滿中天花滿庭，壽人歌吹透雲屏。筵開東閣飛三鳳，雅集南州拜一星。福慧多生緣善美，文章小技足芳馨。好將李委腰間笛，奏與東坡醉後聽。

雙星節戲贈李四

遊侶招邀話闕疑，四郎消息少聞知。料當借取阿奴筆，點染丹青學畫眉。
柳陰亭角鳥關關，月夕花晨伴阿蠻。天上女牛應共語，當年祇合住人間。

立秋後十日送孫甄陶赴美

倦羽西風忽好音，桴浮人去幾沉吟。八年未洗愚頑腦，三宿猶存繾綣心。客裡汀山仍故故，闤中車馬尚駸駸。南來多少隨陽雁，唱到刀鐶異昔今。

中秋夜沙田步月

珍重團圓今夜月，西林東覺步徘徊。隨人遠近緣何事，似爾光輝能幾回？半里沙堤連略彴，一灣淥水浸樓臺。可堪窈窕嬋娟影，曾是昌華故苑來。

無題四首　和施丈韻

認得當年李十郎，舊時鄉里舊街坊。白頭治習消除未？小住溫柔抑醉鄉。

曾許蒹葭共一秋，西灣河北望東頭。湘靈夢遶瀟江水，幾日瀟湘竟合流。

想像金燈綺席前，梨渦如舊笑韓嫣。偶然相見偶然別，異樣情心轉邈綿。

燕子歸時問所依，玉鉤斜卷對春暉。東風慣把遊絲誤，好傍雕欄緩緩飛。

夢中得句起綴成之

昏燈曲檻認紅樓，腰鼓丁冬夜未休。涼露短蓬雙槳夢，月明歸棹荔灣頭。

多寶橋邊繫畫船，一灣流水一篙煙。重來頗有滄桑感，遊侶衣冠異昔年。

仙姑廟隔半塘村，藕笠菱筐喚渡喧。指點菜花黃落處，風流無復數彭園。

和施憲夫六十原韻

梅萼又翻春景象，胡沙夢向別時圓。雙禽小小瓊枝綴，群蟻紛紛玉磨旋。香案吏從天上謫，根塵影落業中遷。于今整頓新花甲，再住娑婆六十年。

丙申除夕

莫辭杯酒送除夕，何事年年苦行役？可憶桃腮片片紅，又添柳眼絲絲碧。如今歸去幾時來？從此相思終歲積。卻聽鄰兒賣懶聲，孤燈客館破岑寂。

九洲口號

風風雨雨送歸舟，纔遇長洲又九洲。此地獨留夷夏界，極天應是帝王州。客心水驛山程遠，人境煙嵐霧嶂浮。白浪高於當世眼，餘生無計逐橫流。

無題和施文原作韻

廿年回首記，曾是對門居。彩筆新題句，瑤華每起予。草名懷夢短，花放合歡餘。相見情無奈，回呼小宋車。

青燈傳好語，白簡寄相思。誓月盟花節，歌雲夢雨時。幾曾輕夙諾？準擬又佳期。
海燕留春住，園蠶欲作絲。

丁酉花朝偕李四公園賞杜鵑口占

剪剪東風剪剪愁，輕寒微雨鐵崗頭。桃花落盡鵑花發，九十春光半去留。
花放一叢紅紫白，臙脂雙臉對何郎？飛霞濯錦新顏色，帝子歸來看曉妝。
但愛鵑花不聽鵑，看花有約自年年。樵西三月雲端路，岩壑溪橋記惘然。

丁酉寒食蛩廬原韻

今朝又寒食，幾聲鶗鴂啼。曉山青入畫，春草綠成堤。日下鄉音遠，波心里影低，
峯巒七十二，夜夜夢樵西。

錫公七年祭

又遇荃灣坳，摩挲墮淚碑。七年曾永別，異路可相知。鬢髮霜千縷，棠梨雪滿枝。春風歸紫燕，猶自戀空幃。

柬施文代札

聞道忙於日看山，青漪石澳又荃灣。驕陽驟雨欺人甚，布傘節枝帶莫慳。

連日豪雨成災

水淹土坼石奔雷，踵武瘟神沓雜來。豪兩傾盆連日夜，甲兵不洗但成災。石走沙崩雨打狂，呼號兒婦共扶將。從來家世飄零慣，板屋相隨入大荒。破塚鞭屍夜劈棺，骷髏隊隊逐狂瀾，可堪故鬼驅新鬼，生死洪流共一灘。霖雨蒼生望太平，奈何霪雨苦蒼生。豈眞此地人爭水，卻使充盈便息爭。

哭璧兒

裕璧以丁酉蒲節後八日（六、十）自沉於長洲之東灣，死因莫悉。以六月十二日殮於西環，翌日葬于九龍和合石。璧孝友沉默，兄弟姊妹，莫不痛哭。高堂齒暮，不忍使知聞，祇云赴美耳。予解釋氏言，生住異滅，法爾如是。彭殤一例，本無足悲。然以感慨於中，每難自已。金鹿哀辭，聊寄安仁之恨耳，並識。

幾日端陽午聚餐，家常猶話弟兄難。如何嗚咽瀟湘水，流到長洲意未闌。
無家有恨感支離，群翼高飛獨自卑。二十三年虛教養，銜恩報怨兩誰知？
一紙家書人斷腸，斷腸人自費思量。云何遽醒迷離夢，不與迷離夢短長。
中宵回夢向秦關，髣髴相如疋馬還。惆悵黃泉又碧落，終疑汝尚在人間。
猶抱存亡萬一心，笛聲短棹滿江潯。東灣涯下悠悠水，若比親情那個深。
陌巷傳聞慘慘心，愁心寸寸繞長洲。西河涕淚原非分，衹爲劬勞盡未周。
細認疤痕小脛留，舒拳闔眼貌優遊。豈眞解脫無生忍，便爾從容捨怨尤。
買棺營葬痛安排，看汝登山看汝埋。黃土白灰青草地，從今淹化汝形骸。
十二金蓮折一枝，罡風和淚斷遊絲。淒涼海角歸魂夜，記否斜陽下學時。

萱堂暖日照群雛，中有離巢反哺烏。縱使歸來成隔世，老人念切祗征途。

中秋夜步月沙田，不期雨打雲遮，意興索然，而悵觸舊遊，彌深人月不殊之感。招邀吾侶，期諸來閏耳。口占一絕寄意。

蕭疏涼雨灑中秋，掩袂嫦娥半帶羞。便再相思三十日，重來對影醉排頭。

賀李啓新婚

我聞夫婦人倫始，論婚豈但情愛已。生生世世萬億紀，繼往開來良有以。濱海才人隴西李，雅澹翩翩丰采美。讀書說劍通文史，載酒評花調變徵。鵬摶鶻擊三千里，扶搖磅礴崑崙水。眼底煙雲幻如此，胸中丘壑知何似？春草池塘波瀰瀰，萱風暖日盛甘旨。自謂天倫樂可喜，北堂棣萼常依倚。願得同心紉蘭芷，鹿車偕隱長安市。

紅顏眞個成知己，密意閒情相礪砥。君寧草芥賤青紫，妾以荊釵易羅綺。柔絲細綰丁香蒞，合是佳人偶佳士。會看繡闥金燈裡，拂黛垂螺勤料理。世事悠悠何足齒，如是如是如是耳！一曲賀新郎燕爾，綿綿驛路行休止。五百由旬遠自邇，宜家宜室從今始，多福多壽多男子。

濠江感舊步智照原作韻

漫尋遊釣舊生涯，夢裡西環興倍賒。櫓唱漁歌聞欸乃，青柯紅葉舞横斜。驚濤想像呼銅馬，砌路彎彎近黑沙。東望洋前翹首望，朝來紫氣護雲霞。且喜吾生也有涯，生涯迴夢夢非賒。鐘聲每逐潮聲遠，花影常搖月影斜。載酒客來當雨夜，持竿人去候風沙。十年濱海閒居趣，山水情深寄落霞。

戊戌生朝憶璧兒

浮生逐逐去來今，惹得人情結習深。檢點白紅藍領帶，依稀一顆孝兒心。

沙田望夫石四首步韻

願身常在馬鞍前，疊水重山萬里天。祇爲妾心堅化石，爭教郎意去忘年。
紅莓谷畔水潺潺，流向灣頭更不還。帆影車聲來又去，是誰風露立獅山。
山頭南北客行稀，雨雪霏霏尚未歸！今日兒啼聲啞噁，去時楊柳色依依。
目斷長亭接短亭，百年閱歷影隨形。鬢鬟莫共東風老，好襯春山入畫青。

過康樂園望李將軍墓

難得勳名晚節香，首邱虛負舊山莊。石榴橄欖二千樹，鄉夢依依記大塘。
匣劍飛從海外歸，白鵝潭水認依稀。人民城郭都如是，惆悵當年福字旗。

新界清涼法苑

清涼一苑對青山，叢竹修柯自抱環。人在綠陰花影裡，風來瓜架荳棚間。
停車恰傍暮雲邊，地近蓬瀛小洞天。十丈軟紅銷欲盡，東風蛱蝶夢陶然。

素饌蔬羹異綺筵，衆香國裡漫隨緣。齋僧供佛尋常事，福德於人亦緲綿。
嫩芽新長葉菁菁，鳥唱枝頭吐韻輕。動靜榮枯都幻相，擬從萬象解盈虛。
天涯到處有居停，淨土蓮花色本清。一水一山一世界，遊蹤莫問去來程。

代易少蘭寄侄

故園五月蓮花開，香縮雙魚踏浪來。中有慇懃諸阮意，新聲譜入壽人杯。
六年三徑長新苔，綺席金燈夢幾回？曾是鶺鴒傳亥字，嗣宗將去仲容來。
酒漬脂痕舊錦衣，堂堂五十九年非。一廛已分伊川老，故苑春風願己違。
似水閒情日向東，詩盟可與昔時同。家常欲話忝新語，學到癡聾便作翁。

疏雨十五首

疏雨涼風漸作秋，江關蕭瑟賦登樓。九洲極目望京國，一髮青青浪白頭。
誰是江南庾信哀，幾人涕淚哭西臺。當年盛事吾能說，十萬王師天上來。
己湔春秋九世仇，先於安樂後於憂。凱旋歌唱烽煙急，忍棄燕雲十六州。

未聞亂極人思治，自是官邪民以偷。石米金銀千萬劵，廉隅風尙一時休。
油盡燈炧光欲滅，書生剩有諫尸才。孤墳鍾阜松楸冷，惆悵星辰照夜臺。
卅載戎衣脫未曾！先王應有在天靈。身經百戰嗟無用，不哭蒼生但哭陵。
坐擁蒼梧百萬兵，不教胡馬下江陵。睢陽已隔張巡死，異樣親仇祝捷聲。
南朝舊夢話偏安，鴉背斜陽顧影寒。半壁河山羞禪讓，唐虞異代許由難。
殘棋半局未全輸，奉使談和有腐儒。城下要盟四原則，分明一紙勸降書。
纔見新朝走百官，降旛黯淡出龍蟠。悄然一翼長空去，猶似鵬程萬里摶。
臨軒辭廟兩無端，父老西南心更酸。八桂山川王氣盡，獨留雞犬望劉安。
棨戟延平舊宅臨，百僚勸進表愔愔。武王昨下輪臺詔，淬發孤臣在莒心。
縱無轉地回天力，己樹攘夷復國力。一代興亡關氣數，可堪成敗論英雄。
柏林剖作東西德，高麗分爲南北韓。自由解放兩中國，秦虎齊狼壁上觀。
群蟻逶遲磨裡旋，衆生毋乃業相牽。滄桑廿載紛紜事，日耀星輝豈偶然。

感舊

戊戌中秋前夕，乘佛山輪自港之澳。回記九年此夕，去國倉皇亦附該輪，自羊石來香爐烽下，忽忽一紀，世事迭更，正多感慨，憑欄望江中，沉沉大水，不禁黯然，並識。

幾回冷落秋時節，秋月秋心海上多。萬里疏璃銀世界，十年飄泊老關河。唐宮舊譜霓裳曲，玉局新裁水調歌。如此樓船如此夜，愴懷欲遣奈愁何！

戊戌重陽前一日登錫公墓

八年生死別，一念常相牽。秋入茱萸鬢，愁生邱隴邊。魂歸何寂寞！世變自推遷，明日重陽節，兒孫祭墓前。

戊戌重九

越王臺上舊旌旄，曾綰秋心結錦條。看劍倚欄人在遠，隨陽喚侶客登高。無家尚許茱萸折，避地難爲雞犬逃。記得少年行樂處，飛車盤馬城南濠。

十年

十年飄泊九夷居，放眼修羅載一車。世變莫如今日最，時難漸覺此生餘。花嬌錦繡開還落，葉冷芭蕉卷不舒。破碎家山頻入夢，可堪回夢賦歸歟。

某水某山遊釣地，昨宵昨夢記重經。白雲蒲澗扶笻去，細雨花田倚棹聽。寶漢寮臨南北路，素馨斜接短長亭。當年城郭分明在，惆悵天雞一喚醒。

平安夜

平安夜報聖人生，處處狂歡百利城。錦繡六街燈萬樹，詩班醉漢亂歌聲。

滿園花發雁翎紅，點染殊方聖誕冬。想像鹿車風雪裡，朱衣白髯笑顏中。

次韻卻寄施丈

茶經好彩樓非舊，冷落詩盟又幾年。等是浮沉滄海客，難忘涓滴在山泉。全神整頓溫柔住，軟語輕盈楮墨傳。聞道新來春酒困，令人長憶老斜川。

沙田感舊再疊前韻

杯酒華園新舊雨，清遊況味話當年。伊人心事江頭笛，與子襟期澗底泉。拾翠行吟歌杜若，偷聲減字寄河傳。去來潮共春波蕩，一種閒情逐逝川。

漫漫二首

漫漫七百三十日，億兆京垓細細尋。每到盈虧增減處，可無差別較量心。白頭尙許諧雞鶩，青眼曾知異昔今。江上鷗盟應共語，龍潛魚躍總浮沉。

頻年活計算銖錙，經濟文章學用殊。毀譽日隨爲道損，疏狂性儻與生俱。人言屠狗眞豪傑，我亦雕蟲小丈夫。未了故吾來去住，更從何處識今吾？

登太平山頂先施丈韻

群龍低首拜天尊，片片金鱗繞樂園。如此江山人左衽，是誰冠蓋獨南轅？分明一水成千里，每趁三秋望九原。華屋芳邱舊行在，獅峰猶護二王村。

已亥中秋夜

今宵合是離人節，不照團圓但照愁。寂寞嬋娟千里外，凋零霜露十年頭。初更明月三更雨，十色華燈一色秋。別有盈虛消長意，酒闌回夢話黃州。

已亥重九，恰逢雙十，斗室塊然，不勝蒼茫之感。

今朝雙十又重陽，不許羈人不斷腸。漢幟欲隨星日換，胡塵猶共海波揚。西風十載茱萸鬢，黃菊三秋壘塊觴。怕上墟峰高處望，遠山遠水是家鄉。

今朝雙十又重陽，不許羈人不望鄉。歷劫無多雞犬在，餘生有分別離常。幾時再結青春伴？大澤終期白帝王。想像濂泉蒲澗路，秋心秋草兩茫茫。

卻寄蘇文擢教授並步原韻

斜陽只乞照書城定盦句，凴乙此兮有楚聲。共是飄零文字海，等閒消息鳥魚情。離群征雁歸無處，抱影哀鸞韻倍清。悄悄秋心憑寄與，孤桐月上半窗明。

海東

海東月共夜潮生，燈火江城黯淡明。十里笙歌隨處聽，一腔幽恨幾時平。漢郡秦封魏晉天，衣冠左衽二毛年。九夷縱有文章價，未抵巴人百萬錢。

奉和毅芸院長書懷四首步原韻

湞江風雨舊門生，十載伊川話晦明。萬類尙酣芻狗夢，是誰先覺不平平。漢闕秦關戴一天，春歸故苑更何年？野棠花發又寒食，社燕隨風舞紙錢。野馬飛馳九陌塵，浮名慣負等閒身。尋常離合悲歡事，老卻東西南北人。乞得書城夕照多，餘生許我不蹉跎。淒涼一曲箜篌引，如此風波喚渡何。

輓李啓母

詩禮門庭有雁行，十年拜母記登堂。孟機歐荻分明在，語默提攜未許忘。
東涌行腳到昂平，指月樓高夜氣清。七聚紫金紅熠熠，佛光曾照老人星。
教忠教孝教堅貞，家以劬勞卅載成。殘夢曙天歸極樂，不須重話女兒情。
福壽全歸世澤長，從今彤史永留芳。生芻一束人如玉，拜首慈容炷藏香。

無端集
小磐

自序

年來瘁意釋氏之學，明知綴句摛辭，都成綺語，有文字障與煩惱俱，以是稍廢吟詠。然現在心了不可得，而過去心則宛然似有。悲憂繾綣往往不能自已。即現實生活中酬酢之作，亦不可辭。自癸卯至辛亥，凡九年，錄存律絕百首。細雨詩魂，青燈小閣，孤懷搖落，知我其誰？秋月秋心入我夢，夢回啼笑兩無端，哀樂餘生，贅疣人境，因名曰無端集。隱盦拜識。

壬子夏至後十日於香港加路連山麓

謝蘇文擢疊原韻一首

文擢教授，吾粵宿儒，蘇幼宰先生哲嗣，以經學世其家。憶余十齡就外傳，從羊石湄洲會館梁藹桐老師治學。幼宰先生與師同年交契，又設帳比鄰。晨夕往還，嘗以手書字格，為余輩臨摹。卌載倥偬，尚留心版。茲獲文擢兄親贈書贈句，大令丰神，依稀內史。南窗坐對，彷佛童時。斜陽下學，影照花磚，回溯前塵，童心喚我。於今雞鶩同爭食，不復當年小鳳雛。爰因所感，疊韻兩章並以言謝。癸卯于九龍慈恩。

（一）

私淑斜川四十年，又隨叔黨話南天。文章糟粕供糊口，泉石膏肓笑拍肩。異代風華人澹澹，當前針露格田田。佗城舊夢湄洲館，日落庭階過幾磚。

（二）

輪跡蹄塵不記年，晚依勝業悟人天。廣長自饒能耕舌，荷擔徧持欲卸肩。一味菜根濃似酒，三重書架貴于田。君家奕世江都業，明鏡磨成不費磚。

代輓

海隅恰聽杜鵑聲，怕向壚峯哭老成。共有樹人弘法願，不辭抖擻慰平生。
圖開九老尚依然，福慧雙修擬樂天。八載香江千歲宴，淒涼丁未是何年。
倫常已替倩誰扶，長水高山德不孤。論道躬行兩不朽，白沙而後又天湖。
蘭芳桂茂永綿綿，五福從今壽考全。十萬家人生佛頌，先生遺愛滿南天。

和黃繩曾美日紀遊五首

乙己夏，繩曾丈涉扶桑，渡新大陸。以紀遊詩見寄。從字裡行間，可挹迷人丰采，因依韻卻寄用抒天末懷人之感。

東都煙水羅湖月，添箇南遊一善才。妙意新詞都幾許，殷勤爲我寄歸來。

居然設色淺還深，畫筆無端畫五陰。浩瀚太平洋上水，漚波誰會去來心。

禪悅卅年治性靈，潮音千疊寄心聲。游方參學兼司講，合是閻浮覺有情。

萬里山川俊賞無，西風曾許憶菰蒲。五洋一翼周流駕，勝否扁舟入五湖。

不托林泉不羨仙，不記劫壽不論錢！維摩舊有菩提約，何日同趨彼岸邊。

乙巳昂平紀遊九首

山草山花舊結盟，志蓮初聽晚鐘聲。椰湯薯葉先生饌，慚愧當筵有淨名。

是夕女棣黃性行在志致蓮若齋供。

不尋彌勒丁冬鼓，愛坐蓮花石上來。滿願他生都九品，見心見佛見花開。
斷橋小立聽溪聲，去住無心卻有情。一掬清泉幻靈性，出山猶似在山清。
消受昂平幾夕陽，暮煙斜日晚風涼。文辛麗澤深深讀，情味溫柔淺淺嘗。
法華塔畔試憑欄，唧唧蛩鳴夜向闌。指點螢光燈掩映，鏡湖一角是南灣。
山石嶙峋小徑長，臨涯千仞倩扶將。方塘十畝明于鏡，時見雙螺半面妝。
暮潮如練遶長沙，白足臨流抵浪花。勝境當前清淨界，吾生便擬海爲家。
寂寥人語近黃昏，貝澳灘頭望海門。千卷浪條來夕去，平沙一線剩潮痕。
渡頭落日望壚峯，人在滄波第幾重。兩日閒情寄萍水，漫將萍水記遊蹤。

無端

無端心事冷於秋，夢裡歡娛醒也不？慚愧浮沉文字海，何當脫略稻粱謀！紅顏恩澤原知己，青眼低昂識故候。攜手妙高臺上望，從今不白少年頭。

和施丈乙巳中秋原韻

十八年看海外月，陰晴圓缺舊山河。爛斑左衽青衫淚，隱約重簾白紵歌。遲影嫦娥人往復，棋江鼓吹日蹉跎。故園風雨中秋夜，籬落黃花今若何？

和施丈三疊原韻三首

嶼山酬唱夢難溫，剩有遺篇手澤存。釋子生涯唯杖鉢，詩人心事在田園。藥壚煙散聽松院，書架塵封愛日軒。曾是西林風雨暮，排頭村過下禾村。

昨夜還鄉夢又溫，就荒松菊徑猶存。幾番星日空懷土！無復桑麻舊灌園。舞劍聞雞何欸欸，冷吟狂醉自軒軒。醒來徒憶琴樽侶，去去成安十里村。

莫辭半角酒重溫，且喜忘年二白存李白及施尚白。鼙鼓厭聞馳北鄙，風華閒話數南園。與時把盞陸鴻漸，晚日攜歌辛稼軒。指點西灣河畔路，酡顏歸去夕陽村。

乙巳重九和施丈韻

獅子山頭半夕陽，登臨何處不他鄉。落霞映水浪花赤，零露橫霜草木黃。興敗朗吟詩一句，愁來低酌酒三觴。堪嗟故里風和雨，裹飯人誰食子桑？

柳陰四首

柳陰亭角費思量，詩酒鶯花債未償！一霎江南煙水夢，當時淮左少年場。不教歲月催人老，卻使人催歲月忙。欲與淩波仙子去，月明雙槳過瀟湘。

袁絲兩鬢漸秋霜，肯逐歡娛夢短長！結習未除煩惱幛，儇風微動女兒香。往今來日緣無限，蘭菊梅魂意太狂。垂柳夕陽花影暮，盲翁負鼓又登場。

維摩心女下人圜，偶向東風展笑顏。舞雨散花春似海，金毫光翮友如山。起予名句聲音外，禮佛空王寂土間。何日迦陵同命鳥，七重行樹認巢還。

世界微塵愛與憎，怨憎會苦愛何曾？漫將生死纏綿意，化作圓明無盡燈。一念頓超離垢地，此生猶是在家僧。妙高臺上登臨處，悟入禪天第幾層。

六六元旦與經緯諸生雅集青山安養禪苑留題並示源慧

元日南天十八年，又隨裙屐青山巔。鬢絲禪榻阿蘭若，禮佛空王自在天。筆底田園陶靖節，胸中丘壑李龍眠。安心是處長供養，合有詩僧住皎然。

世界佛教會八屆大會港泰空中口占七首

秋曉南飛曼谷行，逍遙一翼九皋鳴。群山群水新相識，朵朵浮雲逐隊迎。
蔚藍天與水相連，共道人成上界仙。寥廓長空三萬呎，臨睨何處舊山川。
不爲山川勝跡來，蓼莪沉痛目連哀。但教禮拜萬千佛，母在蓮花七日開。
當前雲海擁雲關，眼底南洲靈鷲山。願母蓮花開見佛，兒從花外望慈顏。
漸飛已過城寮西，一派平原望整齊。圖案分明點線面，縱橫溝洫綠田畦。
黃金熠熠湄南河，此土莊嚴佛像多。奉得一尊歸供養，慈恩學子盡謳歌。
有空禪淨總相於，教法多門教理如！諸上善人俱一處，今生多讀十年書。

賀潘何兩棣婚

五年陪講席，兩小結同心。才調書兼畫，柔情淺更深。灣頭晨夕渡，燈下合歡衾。
願以如賓意，永諧鸞鳳音。

壽施憲夫七十用原作韻

岡州連鏡海，何處不他鄉？廿載思歸夢，三冬上壽觴。時維丙午臘，朔朝甲乙良。
婦媳兒孫壻，團坐話家常。
昔逢星日換，罹尤父母邦。誰謂零丁廣？吾能一葦航！遠路迷幽昧，余身豈殫殃！
未挾濟時略，應慚肘後方。
九天那可問？三願不得償。春在懷諼草，秋分憶雁行。誡女魏苟爽，齊眉漢孟光。
掩卷每長歎，操斗且自量。
詩寄知音讀，酒呼佳客嘗。青鳥動地脈，白屋理陰陽。足以聊生計，安用費周張。
從心無所欲，唯有讀書忙。

怡然今日壽，一笑醉椒漿。我亦忘年友，新詞頌草堂。

壽陳公達校長七十一

宮嬙猶自記東橫，廿載伊川鐸有聲。萬里封侯新博士，一圖擷秀小寰瀛。從心所欲天行健，大德之人比老彭。卻許長平同講席，讀書燈照彩衣榮。

依韻郤寄溫州陳鼎儒拜謝茶葉觀音像二首

春雨江南有夢思，家山入夢夢偏遲。宵來燭蕊朝來鵲，兩字緘封七字詩。已分九夷孤客老，不期千里寸心知。一縑善卷觀音像，海外人懷劉伯支。

霧雨雲嵐雁蕩思，他年行腳倘來遲。石門潭水清於畫，凝碧橋煙瀋有詩。黃葉舊題留舊約，綠茶新味寄新知。知音共命頻迦鳥，幾日相攜禮辟支。

衛塞節歌

震旦以四月為釋迦佛誕，東南亞各小乘國家則以五月之月圓日為佛誕號曰衛塞節。

一空白月正團圓，煜煜光輝照大千。萬類歡歌衛塞節，如來示現教人天。此時萬象和且清，此時瑞相一切成。龍吐摩尼珠似水，花開曇砵玉無聲。溶溶月照毘羅宮，靨粉唇脂寂寞紅。獅吼乍驚春爛縵，馬蹄飛度夜虛空。丈夫事業沙門大，聖道修從人境外。瓔珞持歸白淨王，袈裟參學頭陀會。北去迦蘭苦行林，非非非想有緣心。多生客夢成流轉，彼岸潮痕見淺深。碧波盪漾尼連河，草綠伽耶山之阿。畢羅樹蔭金剛座，青雀音旋紫貝螺。皓魄瑩瑩衆星繞，初中三夜春陽曉。心魔愛染一時消，生死因緣次第了。四九年時轉法輪，慈悲護念何諄諄。一千二百五十衆，袒肩侍坐春風春。聲聞菩薩釋桓因，隨類得解證其眞。所覺多于手中葉，可斷微如陌上塵。又是月明中夜分，鶴林雙樹鳴哀韻。化緣盡入般涅槃，善逝丁甯師戒訓。從此冥冥夜有燈，華香塔廟禮能仁。無量百千萬億劫，度盡恒河沙等身。至今二五一零年，三期一慶長相傳。歲歲中天月圓日，喁喁望極意綿綿。但願有情幾日住娑婆，依舊作禮皈心見佛陀。

丁未四月十四夜作

廿四番風寒食後，黃梅雨又送春歸。花嬌柳寵情猶在，葉綰枝連夢已非。儘有露滋幽澗草，況經飆颸故山薇。書聲燈影溫馨味，鼓角無端報合圍。

南海珠圍錦繡堆，極天樓閣倚崔嵬。犬猙貓叫高高舞，艾戶茨牆簇簇開。炊釜游魚何圉圉？隨陽飛雁正哀哀。笙歌十萬霓裳調，譜入金戈鐵馬來。

伊川百載非吾土，薜荔多鄰羅剎場。幾見庖丁憐觳觫，忍教群丑競披猖。嘘唏嗷咷今何世？顛隕離憂況異鄉！海淺魚龍看共盡，帝閽無語立斜陽。

步兵今夜須沉醉，莫向滄波哭逝川！照壁金燈紅似火，窺簾新月冷於泉。孤懷寥寂潮來去，一念悲歡感百千。讀到還鄉腸斷句，更深半榻枕書眠。

丁未夏至後四日送黃繩曾赴美

細數知交無幾人！況兼南越舊鄉親。客中相見客中別，共是紅羊歷劫身。

桴浮去去九夷東，水驛山程一萬重。別有天倫滋味在，女華山對丈人峰。

記曾鳧館舊遊蹤，千里新詞什襲封。文字因緣詩伴侶，神仙眷屬郭林宗。

相期勁草結苔岑，愛語頻迦和雅音。無相解空應有願，菩提長養大悲心。
不關九地闡提多，無奈群魔讚佛陀。若使衆生皆度盡，牟尼未許到娑婆。
斜陽許乞照書城，右學維摩有鐸聲。一卷瑜伽菩薩戒，律儀善法說分明。
三秋結伴渡湄南，雲石三眞寺寺參。百億如來千萬塔，令人長憶老瞿曇。
兩夕花車上下床，不因人熱總荒唐。相看共有無聊感，清邁優遊曼谷狂。
偶笑夷齊偶避秦，偶然墮溷偶飄茵。夜潮偶拍東西岸，偶隔天涯偶比鄰。
今年四月離支紅，執手踟躕別夢中。滿願來年紅荔熟，扁舟容與荔灣東。

繩曾先生赴美五閱月回港省母病並以其婦喪歸詩以慰之

未負一年紅荔約，先於征雁故人歸。遊心萬里晨昏夢，望眼層城鼓角圍。玄圃漫迴騏驥步，吾廬愛浣芰荷衣。停雲靄靄壚峯晚，且喜重論杜德機。
猶是翩翩阮書記，東游百五日歸來。歸來人比黃花瘦，去住誰憐錦瑟哀？不願相違但相憶，可堪花謝更花開。苦茶庵醞醰醰味，肯逐胡僧話劫灰。
旦閣歸程七日遲，鱷歌譜入悼亡詞。一枝花倩郎簪髮，四句偈令客攢眉。心上因緣緣聚散，望中形影影遷移。繩床經卷營齋奠，珍重秋寒入夜時。

丁未十一月十六日

昨夜當頭月正圓，彩㚢冉冉下嬋娟。不勝寒處弄清影，若有人兮惜綺筵。曇鉢香熏歡喜地，維摩室住散花天。丁寧蔣妹他生約，共命頻伽不偶然。

不櫛居然太學生，讀儒讀佛譜新聲。衛娘書法針神線，姑射仙人博士名。難字子云稱唯唯，絳紗宋女育菁菁。起予每解珠璣句，我欲瑤華肺腑傾。

珍重雕欄燕子飛，梅魂菊影有芳菲。花開紫陌翩翩舞，月照香車緩緩歸。翠袖青蛾渾欲淡，鳳棲蟬蛻故相希。玉笙吹澈滄波淼，未必蕉心展轉非。

用王次回「焉知小疾非佳事」句作轆轤體七絕四首慰繩曾丈病

焉知小疾非佳事？歷亂塵懷幾日休。病榻藥杯禪榻麈，輕安滋味可優遊。

便欲安排心識意，焉知小疾非佳事？絲絲煩惱此時消，了了當前菩薩地。

想像文殊無垢稱，衆生護念太丁寧。焉知小疾非佳事？寫出維摩三卷經。

疏狂忍負平生志，襟上酒痕詩裡字。漫遣豪情綰放心，焉知小疾非佳事？

題慈興寺

法藏上人主持大嶼山慈興寺，新謀學棣依之，板床書架，破襪單衣，旦暮誦念不輟，澹如也。丁未冬至後四日，余偕經緯三輪諸生來遊宿一宵。破曉隨早課禮佛，勝緣可紀，因以留題，並持謝法藏上人。

言登古漁萬丈瀑，石梯千級上慈興。游龍飛護大雄殿，化鶴歸來無垢稱有護法吳居士在寺西歸。是處幽棲宜讀藏，伊誰慧語解傳燈？善才參學德雲法，夕梵晨鐘禮一僧。

林翼中八十壽

卅年國步艱難日，諸葛公忠管樂才。百粵方輿新紀要，八期黨政廣培材。好傳珠海陽明學，嘉酌華堂阿母杯。四代一門仁者壽，期頤先爲奏南陔。

題滄洲趣圖卷

陳子讀書頗有得，一卷滄洲趣潑墨。是處毋乃朱遯翁，改亭課讀心惻惻。雞聲風雨晦明時，蔓草田園多荊棘。三月江南有夢歸，草長鶯飛又寒食。望中茅屋板橋邊，綠波南浦皆春色。放歌歸去浴乎沂，畫裡溪山好追憶。

孫甄陶去國一紀，來港匝月，又匆匆返美洲依韻賦贈，且留後約。

莽莽神州尚妖氛，嶺梅籬菊斷知聞。幾回日換星霜換，無那思君會別君。域外望羊秦地月，客中延佇浦江雲。壚峰春滿鵑花遍，可有西窗夢再溫。

送顏世亮出家

顏公七十五高年於己酉十月，在大嶼寶蓮，剃度為僧。上山前夕，曾抱病訪晤於沙田，暢談數小時，大丈夫事，能自解脱，難得難得，詩以贈之。

芒鞋瓦砵破袈裟，焚頂香燒六戒疤。南海秋期初選佛，維摩從此是僧伽。
背捨居然大丈夫，肯從蘊處識眞如。先於定慧行清淨，出世翻同入世殊。
出家曾是能出世，忍到無生豈偶然！讀遍普賢行願品，住心還在發心前。
我亦蹉跎五十年，塵心塵刹苦推遷。九江驛路如相送，把臂同超究竟天。

依韻和潘新安歲除抒感

疏狂無計自鍼砭，放眼修羅側帽檐。世變漫隨星日換，時艱猶逐歲華添。屠蘇杯暖澠澠酒，梁燕詞翻析析鹽。慚愧浮沉文字海，多君福慧此生兼。

庚戌二月十四日

二月十四情人節，又逢五八度生朝。相期一日遊春約，攜手壚峰步碧霄。
駘盪春心著意招，鯉魚門望去來潮。欲了未了人間世，踏過煙波第幾橋。
綠浪紅檣接大江，石崕花徑半斜陽。碧欄杆外黃蛺蝶，飛去飛來影是雙。
解道浮生善美眞，繁花開落兩無因。輕寒淺暖春消息，酣醉當前拾翠人。
華燈樂苑夜幽深，一曲蕭邦八度音。指上春雷雜秋雨，無窮天籟入琴心。
旋律低昂治性情，幽蘭傲菊綰心聲。鳳臺新爲秦家築，蕭史何年教得成。
如此溫柔一段情，好從夢裡記分明。宵來珍重溫柔夢，夢到溫柔不忍醒。

庚戌春分後一日

有約春風日未斜，紅棉幾樹愛停車。渡頭金屋銀圓餅，山頂花前雨後茶。共是江湖忘呴沫，肯隨時勢逐紛華？遽然夢覺莊生蝶，淼淼煙波何處家？
不須辜負踏青期，但惜風華鬢漸絲。客裡光陰許陶醉，望中形影總遲疑。匈奴已滅家何在？罔兩相隨我獨遺。惆悵穿簾雙紫燕，差池心事怕人知。

題智寶畫冊

紫竹東風畫閣深，青燈繡像念觀音。一時龍女皆成佛，悟得無生法忍心。
小樓細雨晝深深，早暮漁山偈誦音。有願學書兼學畫，會將書畫入禪心。

庚戌月當頭夜

廿年逋客文園老，蘆菔生兒芥有孫。還我寂寥形影共，不須惆悵愛憎論。伊人去日無消息，好夢醒時有淚痕。欹枕卻思絃管夜，半窗涼露月黃昏。
燈影書聲滿小樓，詩魂伴我冷於秋。中宵試作寧家夢，少日曾爲負米憂。漸老漸疏時世用，匪謀匪哲子孫休。自心可有尊嚴在，肯信餘生等贅疣！
不解人憐祇自憐，天涯有客惜華年。遊蹤粉嶺沙田路，心事溫湯熱海邊。誰鑄雪泥留爪印，欲驅煩惱入哀弦。將離本是花名字，話到將離更黯然。
蓬萊十日遊仙夢，不許劉郎隔世來。豪氣少年銷欲盡，心香一瓣爇成灰。哀蟬落葉烹鸞曲，獨鳥鰥魚病鶴臺。知否當頭今夜月，孤懷冉冉爲君開。

題黃繩曾北斗經略考

我聞遠代天文學，日月星辰宿斗角。仰觀俯法天地人，響聲影像費雕琢。以之定曆立五行，五官司序改正朔。以之分野十二州，翼軫荊揚虛泰嶽。以之占驗變三五，熒惑孛心休咎錯。毋乃大道合人事，自初生民以來作。史遷書曆紀天官，諫議幽厲勤民瘼。悠悠曠古五千年，民智漸開學以博。天體無垠跡渺冥，伏見機祥事難託。佛說消災北斗經，震旦賢豆何相若！黃子考證最殷勤，道藉儒書皆註腳。吁嗟乎東西聖人教化豈糟粕！使我思古幽情獨踸踔。

獨居

獨居兩冬夏，空谷無足音。久矣維摩疾，傷哉梁甫吟！勞勞心意識，逐逐去來今。昨夜寧家夢，醒時淚滴衾。四壁伴形影，一燈照讀書。孤懷自嚮往，誰與共相於？白髮老將至，青春計已疏。

今宵明月抱，不夢到華胥。

壽蘇亦剛八十

曾看帝制共和年，且仕繁華自在天。遊學即今同輩少，新潮當日老夫先。家常喜話佳兒婦，齒德應頤養聖賢。聞道七支離戲坐，形神百福許三全。

辛亥十一月十五夜

今年今夜月當頭，明日明朝人倚樓。怕見孤舟滄海去，秋心悄悄向東流。
霜風吹雨送輕寒，照壁青燈怯影單。猶記蘆之湖水碧，雙胴船上笑憑欄。
沙田橋接瀝源村，眼底滄桑且莫論。躑躅石堤堤上望，有人雙槳弄黃昏。
久絕聞歌樂苑來，曲終人去尚徘徊。淒涼難覓知音侶，遺我知音心更摧。
一生歲月太匆匆，難了恩情十萬重。有願多生同命鳥，隨緣消盡業空空。
珍重相逢不幾時，得相逢處惜相依。春風陌上花開候，燕子江頭舊壘非。
沈腰瘦減勸加餐，強笑埋憂欲語難。默禱來年又今夜，當頭月照合家歡。

跋

一九七二年六月，裕富自臺灣師大卒業歸香江。見老父案頭有手抄二十年吟稿一帙，書法秀勁，猶似中年，而字裡行間隱寄年時心境，乃傳閱諸兄姊，並得旅英旅法居臺三長兄意見皆欲影印存念，微窺父心。蓋吾輩兄弟姊妹十二人，皆生長於國家多難之秋，養育於顛沛流離之會。獨裕壁不幸早世，而十一人皆得成所學，又皆能自立，多完婚嫁。父心良苦，然猶以爲未能盡劬勞之責，平居鬱抑鮮歡，使吾輩難承色笑。年來夙疾時發時愈，仍治學治事不輟，群請奉養家居，屢陳不許。老父孤懷體會莫由，倘將詩稿影印，除書法臨摹手澤存念而外，復可各自揣摩，如親謦欬，養志之願，其或庶幾乎！父既首肯即以付印，並荷蘇文擢教授賜序；明慧法師、馮康侯、賈衲夫，黃思潛、潘小盤諸先生題署，深感盛意。

男裕堅、裕輝、裕強、裕華、裕忠、裕江、裕富、女雅莉、美薇、健薇、韶生謹跋裕富執筆長孫嘉行寫老父手寫詩稿，自去冬付刊，今夏將印成，不幸七弟裕江於五月八日在沙田郊次車禍罹難。江弟七一年畢業臺大化工系，返港從事工業，才兩歲，方冀有所樹立，乃露電泡影，竟先殞謝。闔家老幼，惶感悲慟不已，葬事畢。書附卷末。用識此難忘哀痛。

裕堅識七三年五月廿日

雲外樓詩詞集

作者簡介

關應良，字止善，廣東順德人，一九三四年生於澳門。工山水，善書法、詩詞。曾任多家中學文學、美術科教席及香港中文大學校外進修學院藝術課程導師。擅長中國傳統山水畫，中國書法，尤擅行書、小楷、中國舊體詩詞。一九六七年任教於孔聖堂中學，至一九九一年退休，幾近三十年，培育後俊，發揚中國傳統精神，致力推廣中國書畫藝術，不遺餘力。當代名家趙炯輝、老瑞松諸君，皆爲其高弟。著有《雲外樓詩》、《雲外樓詞》、《江山如畫冊》第一、二輯。現爲專業書畫家、自由作家。

雲外樓詩

畫擬王叔明畫法

不畫此皴二十年，牛毛重寫引山泉。西風吹落無名葉。臂健青松欲插天。

自題古寺鐘聲圖

雲散朝陽出，參差見數峯；悠悠天地意，都付一聲鐘。

次林策勳詞長　重到香海原韻

重會高人未問程，香爐峰下采風行。如雲詩筆題春晚；隔檥黃鸝對客鳴。
酤酒市頭無俗念；論文筵畔見眞誠。他年共返中原去，料有松梅來道迎。

奉和紉詩女士生朝二首原韻

（其一）

大隱無聞詩畫兼。晴窗開卷不窺簾。一生重道名心淡；百事隨緣韻律嚴。花筆有神春滿座；客途何礙燕歸簷？南遊萬里流風在，警句如今又再添。

（其二）

挾卷清遊第幾回。歸家帶得百篇來。硯邊語入炎方境；春後花從筆底開。異地詩成懷故國；騷壇酒會頌奇才。市樓今夕燈如月，揖讓傳觴鷲嶺隈。

自題獅山夕照圖

獅伏翠微巔，斜陽萬戶煙。靜看人事改，草木尚依然。

題自寫山水

（其一）

閒來詞筆染丹青。寫出秋心不定形。卻羨圖中搜句客，泉聲雲影滿芳庭。

（其二）

暮雲橫野徑，古寺發清鐘。驚醒登臨眼，秋山一萬重。

（其三）

雲過見青山，朱樓山上立。有人卷畫簾，待放朝陽入。

（其四）

丹楓如錦織秋容。抱得琴來不曳笻。曲罷悄然南北望，銜書一雁起前峰。

題自寫山水

（其一）

數峰商略黃昏雨，一水潺湲太古音。結宅林間書滿架，直逃棄火到如今。

（其二）

白雲簷際起，飛瀑樹間來。門對羊腸徑，山花日日開。

紡稚園修禊

被日瓊杯皓似星，趨陪禊只又躋庭。酒鄉對話如無相；腦海裁詩不見形。
嶺外晴光臨晚紫；樓前樹色入簾青。何時攜手山陰上？一看清流激故亭。

題自寫山水

（卅首）

（一）

不管干戈滿世間，圖中自有可棲山。門前長繞清冷水，已勝秦皇百二關。

（二）

散餘雲彩鳥穿林，一角山樓野色侵。中有幽人春夢裡，不知斜照滿詩襟。

（三）

樓頭獨酌月弓彎，長照行人往復還。世自巧機心自淡，不如扶醉畫雲山。

（四）

畫裡家家尙擣衣，邊城遠戍幾人歸？衡陽征雁橫秋日，定有音書到野扉。

（五）

門前飛瀑響潺潺，漸送春光過隔山。老樹紅棉花似火，尙餘豪氣壯荊蠻。

（六）

花落花開春複秋，閒將心緒畫扁舟。江湖滿地煙波闊，漁火多情暖白鷗。

（七）

煙水迷茫雁影微，秋回林表葉初飛。此中幽趣無人會，如許斜陽屬釣磯。

（八）

望中巒壑草萋萋，隔岸花飛杜宇啼。一片傷春心上影，也隨潮水逐高低。

（九）

芳菲紅紫認高低，買醉前村路未迷。風送琴聲橋上過，伯牙彷彿在林西。

（十）

風流人物成陳跡，遺稿猶能見一斑。讀罷子淵搖落賦，筆含秋水寫秋山。

（十一）

寫罷流泉共客聽。到無塵處便忘形。何須刻意爲枯淡？滿硯西風畫自靈。

（十二）

西風消息近山知。不忍重看落木時。故染楓林作春色，盡招蜂蝶到花枝。

（十三）

誰家不繫木蘭舟。潮落潮生任去留。待約知心同入畫，臥看林表曉山稠。

（十四）

寫出秋心自悄然。幾行征雁過長天。月明山靜嫌枯淡，一絕添題葦荻邊。

（十五）

捲簾雲過一窗明，硯水無波寫性情。三尺丹青懸壁上，柳搖嫩綠報春生。

（十六）

曾向詩中識洞庭。偶然操筆寫沙汀。背風蘆荻成天籟，何日眞能月下聽。

（十七）

焚香深坐是非無。夢醒閒窗自寫圖。尺寸依稀游釣地，白雲迷寺更迷湖。

（十八）

漏殘春夢被花知，雲霞朝陽入戶遲。爲愛尋詩樓上望，綠蔭江畔釣魚船。

（十九）

霜入平林楓葉丹。西風吹月滿前灘。參差如夢關山影，祗合攜琴席地看。

（二十）

山外柳分吳楚路，水邊桃映兩三家。酒旗不颭人初醉，一夢關河入晚霞。

（廿一）

水邊紅葉不知愁，風裡紛紛又深秋。向晚搜詩簾半捲，滿襟寒日倚江邊。

（廿二）

新竹數株搖水碧，古松一樹搜天蒼。亭中閒閱羲皇世，物我渾然兩自忘。

（廿三）

結宅江濱遠市囂。秋林搖曳晚蕭蕭。難禁身似經霜葉，更逐斜陽過野橋。

（廿四）

山圖重讀憶當時。慘淡經營下筆遲。寫到春深人倦否，眼中惟見白雲移。

（廿五）

自揭玄黃咫尺中。高懸一室滿春風。仲圭此日如回首，可許襟懷異代同。

（廿六）

人境炎涼地，萍根西復東。寄情圖畫裡，放艇自推篷。

（廿七）

雲散朝陽出，參差見數峰。悠悠天地意，都付一聲鐘。

（廿八）

日晚水流霞。潮回岸帶沙。引颿風乍過，雲斷見山家。

（廿九）

榴花成代謝，野徑有人來。倚杖看雲久，昏鴉接翅回。

（三十）

弄煙垂柳弱，逐水小舟輕。出沒滄波者，何須問姓名。

大廈吟

遍地秋風起，推窗日在東。普照新營廈，聳拔青雲中。白石鞏四堵，門檻壓青銅。彩燈明徹夜，不懼雨和風。居者誰家子？絕非田舍翁。閒鳥幹層霄，忙魚宿軟空。浮沉勢雖異，化育本同功。奈何垂紳者，憂生意未通。據地築高樓，迫遷不相容。貧苦何所歸？身如斷梗蓬！嗚呼！突兀眼前屋，重賦待杜公。

和松鶴詞丈題宗素墨梅冊原韻二首

（一）

煙月簾低弄絳紗，天南春盡數飛鴉。不知楊柳添新綠；會見檣帆憶故家。
五百華年惟隱逸；一時沉陸問餘些。江山未許詞心住，夢到毫巔別路賒。

（二）

支離異地墨中開，歸夢悠悠往復回。傳語荷風休遣使；但棲明紙不須媒。
石邊蘿月千年樸；世上衣冠半夕灰。江北江南曾照水，天涯未見故人來！

為千畝作山水井題一律

淡泊平生硯知，十年寫盡水雲姿。荊關去後山何薄？君我來遲蔓且滋。
一幀初垂釣畫；數株香雪著花時。戰塵此際滔滔是，何日同看北嶺枝！

江濱即事

獨繞天涯江水行，日斜風岸柳腰輕。紅榴綠竹俱無那；野蝶閒蜂互訴情。
去國初驚歸路遠；回頭猶是故山橫。晚潮勿弄遊人意，更作芭蕉和雨鳴。

蟬

（其一）

夢醒枝頭閱世情，年年此日試新聲；可憐入破清高際，萬綠遮天總不明。

（其二）

連連賦就沈郎詩，書入冰箋欲寄誰；柳外青山橫去路，因風傳語至今疑。

（其三）

葉舞西風唱別枝，箏弦移柱使人悲；虹收雨滿殘荷蓋，疑是金莖捧露時。

（其四）

彼岸無橋一水通，相思搖盪欲浮空；秋霜不念丹楓散，留得餘音和斷鴻。

佛學班同學會寫生

重迭雲山起伏濤，眼中奇景欲呼號。畫壇代有英才出，接武登峯看爾曹。

春望 二首

日照千山抱水明，江南望斷若爲情，南來飛鳥北回後，萬里平林春復醒。
昔年風物尙依稀，春入天涯認故扉；莫問染前先到燕，羈人夢轉未曾歸。

春思

霧失天邊樹，風驚水而鷗。試燈春欲轉；念國夢空浮。
詩覓歸途去，心隨柳絮遊。清平城闕外；舞遍夕陽樓。

自題秋江晚渡圖

澗淺泉馨薄，岩高日色微。雲殘天漸醒；葉逐鳥斜飛。向晚尋幽徑；明朝與俗違。寒江新浪起，山外眺門歸。

自題古寺鐘聲圖

雲散朝陽出，參差見數峯，悠悠天地意，都付一聲鐘。

題羅冠樵作春夜宴桃李園

詩仙有序頌春光，桃李花開客滿堂。悟得浮生原是夢，不辭傾海入飛觴。

題雪工人畫暈花

青衣搖曳夜涼中，冰雪姿容半晌空。彩筆寫成仙子相，詩題詠樂永無窮。癸酉二月

黔地山色

貴州多流泉，山嶺復重疊。策杖行其中，高吟意自愜。

詩二題

夢中作

簾前疊疊闌干曲，絡緯無端聲轉促。一夜西風滿水涯，秦淮減卻當年綠。

夜起

入眼燈光渾似夢，變商徵調不成歌。誰教負卻邯鄲枕，自是年來感慨多。

秋日登羅浮山

福地知名久，仙山今始遊。一車登古觀，萬象入深秋。丹灶青煙靜，藥池碧水油。濟民傳肘後，餘訣更何求。

從蛇口晚望屯門

燈火萬千家，屯門入望斜。華夷無界限，一樣浪淘沙。

題梁伯譽夫子萬里尋師圖

春雲秋月樂漁樵。市裡尋師路不遙。得悟玄機稱造化，千山林木接青霄。

自題仿倪雲林枯木竹石圖

雲林卷氣世無雙。開卷風回心已降。寫到疏篁搖曳處，瀟瀟春雨滿書窗。

題自寫黑蘭圖

葳蕤在深谷，葉葉生春綠。誰是知心人？惟有傲霜菊。

甲寅初夏偕漢基鈺貞懿生世輝諸生南丫島寫生口占

（其一）

一徑通幽綠上衣。海天渺渺白雲飛。心隨鷗鷺煙波外，萬里江關待我歸。

（其二）

碧樹枚株遠近收。江天横攬筆端流。圖成一笑胸襟豁，不負浮生半日遊。

蟬

夢醒枝頭閱世情，年年此日試新聲；可憐入破青高際，萬綠遮天總不明。

（其二）

連連賦就沈郎詩，書入冰箋欲寄誰；柳外青山棋去路，因風傳語至今疑。

（其三）

葉舞西風唱別枝，箏弦移柱使人悲；虹收雨滿殘荷蓋，疑是金莖捧露時。

（其四）

彼岍無橋一水通，相思搖盪欲浮空；秋霜不念丹楓散，留得餘音和斷鴻。

題自寫山水

此幀舊作也，今再讀之，因題一截

（一）

山圖重讀憶當時，慘澹經營下筆遲；寫到春深人亦倦，眼前惟見白雲移。

（二）

築宅臨江遠市囂，秋林搖曳晚蕭蕭；自憐卻似風中葉，更逐斜陽遠水漂。

（三）

曾在詩中識洞庭，偶然操筆寫沙汀；背風蘆荻如潮籟，何日眞能月下聽！

（四）

新竹數株臨水岸，古松兩樹倚青天；羨他閒坐亭中叟，心與天遊不問年！

（五）

漏移春夢被花知，雲覆朝陽入戶遲；爲愛尋詩樓上望，綠陰灘畔釣翁癡。

（六）

焚香深坐是非無，更看閒時自寫圖；重到夢中游釣地，白雲迷寺且迷湖。

（七）

西風消息我先知，不忍重看落木時！盡把楓林染春色，好教蜂蝶臥花枝。

（八）

日晚水流霞，潮回岸帶花；春風江上起，雲斷見山家。

（九）

拂溪垂柳媚，逐水小舟輕；出沒煙波者，何須問姓名？

（十）

榴花隨夏謝，野徑待人來；倚杖看雲久，昏鴉接翅回。

題自寫山水

（一）

水邊紅葉不知愁，風裡紛紛又送秋；向晚搜詩簾半卷，滿襟寒日倚江樓。

（二）

寫出秋心自悄然，幾行征雁拂長天；月明山靜嫌枯淡，一絕添題葦荻邊。

（三）

誰家不繫木蘭舟？潮落潮生任去留；好約知音同入畫，臥看林杪曉山稠。

（四）

捲簾雲送一窓明，引紙拈毫寫性情；三尺丹青懸壁上，柳搖嫩綠報春生。

（五）

自揭玄黃咫尺中，高懸一室滿春風；仲圭此日如回首，應許襟懷異代同。

（六）

柳外江天一抹霞，柳邊紅點兩三家；酒旗不揚人應醉，夢繞關河別路賒。

（七）

霜落平林楓葉丹，西風吹月滿前灘；參差如夢關山影，今夜應同子野看。

（八）

自寫流泉共客聽，到無塵處便忘形；何須刻意爲枯淡？滿硯西風畫自清。

（九）

不管干戈滿世間，圖中自有可棲山；門前常繞清清水，已勝秦人百二關。

（十）

風流人物去無還，遺稿飄零見一斑；贊到子淵搖落賦，筆含秋水寫秋山。

雲外樓詞

南鄉子　遊道慈佛社

舊客訪新春，天外浮雲人近津。此際神仙尋夢去，無溫。滿眼飛花笑又顰。
燈下說前因。纔覺虛名只誤人！向晚江山風雨急，紅塵。勿繞枯禪佛後身。

望江南　題畫用清真韻

三月暮，飛絮滿棋堤。旅夢新隨斜月淡，蟬聲欲到畫橋西。燕子蹴香泥。
青林下，攜手踏幽蹊。潮長忽驚原野薄，春歸仍愛鷓鴣啼。門掩意凄凄！

踏莎行　水仙花

綠竹凝煙，紅梅帶雪。當年曾賦同心結。春歸一任道裝殘，翠腰不爲行人折。
夢醒天低，更深雨歇。羈懷到此無由說。隨風簾下發幽香，將燈認作家山月。

清平調

聞道上林花未殘，回頭煙雨滿青山。春寒換盡宵來暖，夢裡遊人不敢還。

漁歌子　題畫

而後殘陽弄小船，潮平竿靜釣斜川。山色轉，水光圓。孤鴻衝破白雲天。

滿庭芳　九日登太平山

撥草尋詩，西風迎面，江南秋盡如春。白雲散後，沙浦繞漁村。路轉山形頓改，危欄下，樹擁行人。疎林外，風箏競逐，童子自天眞。幾番遙望處，煙深水闊，腸斷愁新。歎潮平又起，葉聚還分。千古興亡如此，飄零久，異地誰親？斜陽冷，殘蟬滿耳，斷續說前因！

浣溪紗　再集紡稚園

重會高樓景物新。詞腸被酒覺秋溫。半酣得句淨無塵。　風弄華燈山外轉。葉敲飛蓋席中聞。夜深歸路月如銀。

（前調）

兩袖西風小徑東。黃花搖曳暮煙中。夕陽之外幾聲鐘。　記得昔年吟賞地：只今惟有遍山松！更遮南下報音鴻！

（前調）　蝴蝶谷醉歸

帶醉沉吟路幾彎。林篏明月滿秋山，未逢車馬覺心閒。　墻外行人何太急？樓邊闌檻自回環，西風才過笛聲殘。

江城子　己亥除夜選緋桃一枝翟秉文伴之回齋用稼軒韻寄興

彩燈換市喜新晴，繞花明，萬枝橫。花底遊人，爭和踏歌聲。如面緋桃君賞識，花共客，並肩行。

東風爆竹報江城。又春生。不勝情。歸向樓頭，相對話承平。彷彿武陵新渡口，塵世外，且深傾。

臨江仙　丙申除夕依永叔體

乍聽東風吹滿世，柳絲飛入樓西。宵來詞筆送冬歸。可憐三月後，春又往天涯。

待客落紅休亂舞，應留一半花枝。江南十月見春回。勿忘今日約，雪裏訴相思。

離亭燕

風急横枝將斷，透出斜陽如線。小立江濱花意倦，底事相思重展。綠水送春歸，未許扶春登岸。

枝上新蟬聲亂。葉裡黃鸝聲轉。同是心中無舊夢，誤把多情眷戀。天外有歸帆，曾否和春相見。

清平調二首　題春山白雲圖

燕子重來對對輕，白雲散處見山亭；東風勿把行人誤，多少黃鸝喚客名。
路轉仙臺認未眞，山花閒坐笑忙雲；日邊回首偎峰遠，散盡泥塵策杖人。

鴣鷓天二首　題畫

（一）

席散溪邊緩緩遊。長蘆短荻白煙浮。密雲接地迷江岸，疏柳斜腰引素秋。
潮漸長，興難休。幾家樓上下簾鈎。風中歸鳥穿桐畝，多少漁翁繫釣舟。

（二）

一夕新霜草未凋。扁舟篷短夢蕭蕭，蘆飛月岸驚鷗起，詞入秋空怕水漂。
秋思長，夢痕消。何堪更聽咽回潮。風聲怨盡西風急，日上丹楓滿寶橋。

江城梅花引

幾株籬角倚輕煙；對江天，寫江天。若問天涯，人世是何年？重記當時紅片片，綺窗畔，逐春風，入紙邊。

紙邊，紙邊；蕊千千，霜壓肩；恨鑄箋。怕也怕也，怕月過，竹外階前，斷想壽陽，樓閣換晴川。定有倉庚枝上說，春漸薄，路東西，夢未圓！

附：江城梅花引（憶舊用應良韻）　梁藥山

簾外黃花罩晚煙；對霜天，隔雲天。伊人小別，轉眼已經年。似火江楓紅片片，吹落葉，逐回風，去那邊。

耳邊，耳邊；語萬千，𩍐香肩；迭瑤箋。夢也夢也，夢不到，綺閣妝前；雁魚千里，阻隔疊山川。待折梅花枝上老，春不管，情未斷，月難圓。

憶江南五首

星辰換，春夢被花知。水也任魚逃世外，東風過盡捲簾時。江上釣翁癡。

堤邊柳，一半潮模糊。今日臺城人已渺，休傳舊幔在江湖。知否鳥迷途？

登臨處，千里浪浮銀。樹影東移天欲睡，羣山閒盡獨忙雲。世事不平分。

箋舊夢，燈下學塡詞。心事盡移凹硯裡，始知墨底路參差。春在那邊歸！

相思淚，灑向竹林前。他日新篁非個字，應如紅豆惹人憐，也可補情天。

長相思

風滿城，日滿城。春入江山望故京極天飛鳥輕。　花有情，夢有情。號角長鳴人未醒，沉沙戟目橫。

山花子　石塘晚眺

樓外秋山一萬重。繞山漁火接天紅。月送漁歌滿瑤席，大江東。　錦幔鴛鴦才渡水，銀屏孤竹自迎風。多少平生惆悵事，淺杯中！

（前調）冬日登紫霞園探梅

數點寒香破晚煙，天涯相對佛燈前，夢入羅浮春正好，太平年。　漫說中原長笛換，更看隔水夕陽殘。山外征帆低又起，幾時還！

（前題）冬陰

漠漠寒雲弄午陰。軒堂小集勝登臨。談到興亡詩思換，短長吟。窓外疎篁青入紙，幾邊水墨惜如金。日暮壁間隨點舞，近商音。

錦纏道　春遊

似筆垂楊，寫一幅中和景。最多情，得春嶺。連綿青入江南境。爭送行人，更懶通名姓。滿庭芳草心，又侵花徑。與東君，舉杯乘興。盡歡時桃李都同醉，帶煙搖曳，高意誰來領？

鷓鴣天　赤柱探春

送客垂楊欲過亭。平分春信入潮聲。一雙燕子林間沒，三五漁夫水上迎。知有腳，歎無形。斜陽細雨樹爭青。暮雲移嶺塡心坎，歸向樓頭畫雨晴。

浣溪紗

欲問斜陽已過廊。春寒依舊滿軒堂。坐聽只燕話滄桑。人散夜深爐尙暖，畫燈照壁似秋霜。酒醒還又怯更長。

管弦聽罷欲黃昏。風緊閉重門。危闌怕倚，清尊獨把，最易消魂飛魄！　前因休被黃鸝說，春盡也無文。晃霞紅處，新蕉綠，橫斷乾坤。

十六字令

（一）

春。攜手郊原記得眞。斜陽暮，花影送行人。

（二）

秋。冷月穿簾滿畫樓。星辰換，還自夢楊州。

（三）

涼。入夢湖山只斷腸。人何處，雙燕又辭梁。

（四）

風。吹出秋聲遠近同。天涯路？多少落梧桐。

訴衷情

沈吟扶醉夜歸遲。燈火爲誰稀。隔簾人在歌裡，弦冷再彈時。情黯黯，夢依依。可曾思。舊遊風月，舊寄鸞箋。舊折花枝。

南鄉子

燈火漸連城。入袂西風已不輕，小閣臨江餘返照，前汀。潮打歸舟卻未平。
長記是春晴。桂棹同登話去程。豈意如今魂夢隔，人情。恰似秋雲不定形。

好事近

灘畔起西風，吹醒夢中楓葉。千里汀山如錦。暗秋雲重迭。倚樓長望雁南飛，爭奈
暮天闊，返照徘徊蘆葦，趁寒潮嗚咽。

虞美人　公園見鴛鴦

日高還向花陰臥，不放春閒過，樊籠深鎖興無多。猶勝相思迢遞隔山河。
江南如夢君休問！又是清明近。華年一瞬自成塵，寄語小樓簾下繡花人。

蘇幕遮　半山夜行

平林中，明月外，細踏紅塵，塵裡寒風起；落葉飛來無地寄；期訴相思，未諳行人意。
屋如雲，燈似水；眼底香江，畢竟多情地。今古繁華如夢耳！世外樓頭，那有秦民至！

浪淘沙　舟中寄懷吳邦彥英倫

憑檻氣清新鱗浪篩銀；回頭不見舊征人！隱約當時離別處，散盡鷗羣！
山外起浮雲；橫入江濱；望中眞個桃津。心事誤隨飛鳥去，尋遍前村！

畫展廿日起在孔聖堂舉行

秋蕊香　采菊

窗外誰彈舊調？又向故山微笑。今朝正比當年好，歸去淵明太。

晚來便有斜陽照。愁早難了。卻憐寂寞東籬繞，折得幾枝秋老！

長相思

花有情，夢有情，號角長鳴風滿城，日滿城，春到江山望我京。極天飛鳥輕。人未醒。沉沙戟自橫。

憶江南

登臨處，千里浪浮銀，樹影東移天欲睡。羣山閒盡獨忙雲。世事不平分！

清平調

聞道故園花未殘。回頭煙雨滿青山。春寒換盡宵來暖，夢裡遊人不敢還。

菩薩蠻

白雲移岫東海。心中故苑梅還在。雪後倚欄干，新姿不怕寒。　相思書未了，鴻雁江南少。無語對斜陽。夢和山水長。

浣溪紗

兩袖西風小徑東，黃花搖曳暮煙中。夕陽之外幾聲鐘。　記得昔年吟賞地，祇今惟有遍山松，更遮南下報音鴻。

祝英台近　白杜鵑花

近清明，飛紫翠。庭畔擁煙睡。雨歇層樓，劃地峭風起。夢中初試新姿，乍青還白。自醒後，詩懷如水。冷吟味。　共月移過欄干，重抛又重至。莫問蜀宮，鈿換幾人世。而今躑躅江潭，誰憐春盡，送春去，不成紅淚！

憶江南

箋舊夢，燈下學填詞。心事盡移凹硯裡，始知墨底路參差。春在那邊歸！

昭君怨

春盡餘寒未散，柳絮因風彌漫。蹴起杏泥香，燕雙雙。羈客飄零無著，怕比野僧蕭索。北望是江南，雨煙酣。

憶秦娥

春將去，徘徊簷下憐飛絮！憐飛絮，江南一樣，綠楊煙雨。滿懷舊恨無由訴，相思夢隔天涯路。天涯路，微波未起，倩誰通語！

相見歡

參差樹影湖中，月如弓。舴艋艋不知何去，載西風。霜葉落，驚孤鶴，弓驚鴻。畫裡秋心應在，短牆東。

調笑令

春好，春好，薄霧透簾太早。簾前滿院殘香，誰惜萋萋草芳？芳草，芳草，春去夏來私老。

搗練子

漁父去，鷺羣回。潮上蘆邊舟自開。水浸斜陽人未渡，西風送盡雁聲哀！

醜奴兒

鳥聲啼上東山日，野外同鳴，簾卷空清，閒步東郊看犢耕。　垂楊左右因風舞，滿沼殘英，綠水多情，但願人間多放晴。

清平樂

風吹葉去，何處天涯聚？燕子不知身在旅！念否霜侵故宇？　秋霜情重誰知？替誰穿上黃衣。無奈花還似夢，年來又望春歸。

漁歌子　和紉詩女士韻

雨後殘陽弄小船，潮平竿靜釣斜川。山色轉，水光圓，孤鴻衝破白雲天。

擣練子

歸路靜，白雲忙。回首江山半夕陽。塵夢由來容易醒，不如林下置書堂。

東坡引　用稼軒韻

倚欄誰自怨？相思背春面，羈愁待傳書雁，那知音信斷！夕陽乍過了，畫樓東畔。
更怕月，窗前滿。
好花夢裡還相見。醒來秋已半！醒來秋已半！

清平調

隱隱平林閉玉關。蒼茫滿地鳥爭還。斜陽似筆非隨意，寫出前山又後山。

臨江仙　丙申除夕依永叔體

乍聽東風吹滿世，柳絲飛入樓西。宵來詞筆送處歸。可憐三月後，春又往天涯。
侍勸落紅休亂舞，應留一半花枝。江南十月見春回。勿忘今日約，雪裡訴相思。

離亭燕香送

風過間雲將斷，透出斜陽如線。小立汀濱花意惓，底事相思重展。綠水送春歸，未許扶春登岸。
枝上新蟬聲亂。葉裡黃鸝馨轉。同是心中無舊夢，悞把多情春戀。天外有歸帆，曾否和春相見。

清平調二首　題春山白雲圖

燕子重來認未眞，山花閒坐笑忙雲，日邊同來對對輕，白雲散處見山亭；
東風勿把行人悞，多少黃鸝喚客名；日邊回首山峰遠，盡是訪林策杖人。

鷓鴣天二首　題畫

席散溪邊緩緩遊。長蘆短荻白煙浮。密雲接地迷江岸，疏柳斜腰引素秋。潮漸長，興難休。幾家樓上下簾鉤。風中歸鳥穿桐畝，多少漁翁系釣舟。

一夕新霜草木凋。扁篷短棹夢蕭蕭。蘆飛月岸驚鷗起，詞入秋空怕水漂。愁思長夜夢痕消。何堪更聽咽回潮！覓聲怨盡西風急，日上丹楓滿小橋。

一斛珠

梅妃句也，明皇令樂府以新聲度之，號一斛珠。誦之使余傷懷感事，棖觸無端，倚聲成此。

柳葉雙眉久不描，殘妝和淚濕紅綃。長門自是無梳洗，何必珍珠忍寂寥？重重簾幕，逢秋難耐風蕭索，征鴻歸燕還相約。北去南來，悵幾番搖落！心上眉間情似昨，疏狂也擬填溝壑，思春日日登樓閣。待得春回，又怕東風惡。

南鄉子

燈火漸連城。入袂西風已不輕，小閣臨江餘返照，前汀。潮打歸舟卻未平，長記是春晴。桂棹同登話去程。豈意如今魂夢隔，人情。恰似秋雲不定形。

滿庭芳　九日登太平山

撥草尋詩，西風迎面，江南秋盡如春。白雲散後，沙浦繞漁村。路轉山形頓改，危欄下，樹擁行人疎林外，風箏競逐，童子自天眞。幾番遙望處，煙深水闊，腸斷愁新歎潮平又起，葉聚還分。千古興亡如此飄零久，異地誰親？斜陽冷，殘蟬滿耳，斷續說前因！

南鄉子　遊道慈佛社

舊客新春，天外浮雲人近津。此神仙尋夢去，無溫。滿眼飛代笑文顰。　燈下說前因。纔覺虛名只誤人！向晚江山風雨急，紅塵。勿繞枯禪佛後身。

望江南　題貴用清真韻

三月暮，飛絮滿磯堤。旅夢新隨斜月淡，蟬聲欲到畫橋西。燕子蹴香泥，青林下攜手踏幽蹊。潮長忽驚原野薄，春歸仍愛鷓鴣啼。門掩意凄凄！

清平調

聞道上林花未殘，回頭煙雨滿青山，春寒換盡宵來暖，夢裡遊人不敢還。

漁歌子　題書

雨後殘陽弄小船，潮平竿靜釣斜川。山色轉，水光圓。孤鴻衝破白雲天。

附：行書對聯

兩入花心自成甘苦

水物器內爲現方圓

樵山詞鈔

作者簡介

麥友雲，孔聖堂中學教務主任（1970-1980）、代理校長（1980-1981），一九八五年退休後，遷居香港元朗，以詩詞自娛。曾居上海，得上海永安公司總經理郭琳爽先生創設之永安樂社撰寫劇本，其著者有《荊軻傳》、《桃花扇》、《西施》、《楚霸王》、《王寶釧》等名劇。作品曾被當時著名劇評家胡梯維先生譽爲「所見詞曲之美，無與倫比。即昆曲亦遜。其情文生動，遑論皮黃，乃知箇中必有能手。十步之內，可產青蓮，洵不謬也」。

自序

中國文藝之有詩詞，譬之園林之有亭臺池館，構思而爲華麗，而爲典雅，而爲濃豔，而爲清淡，各取其致，各得其宜。於是相得益彰，相映成趣。其間體制不同，但大率雋語足以怡情，秀語足以袪俗，雄語足以排奡，壯語足以立懦，其情一也。或謂鏤玉雕金，裁花剪葉，徒見粉澤之工耳。浮靡之氣，何所益於世道人心而不知經紀山川，扶持名節。集道藝之精英，搜微言之奧蘊，皆托物寄情之作。如詩經楚辭之妙語，於偶一見之，無意得之，卻能深入人心，不可易一字。固未嘗一一依從禮教軌轍，而後敢行；亦不以文不載道則詆之爲不堪一讀也。

余深愛本國文藝，尤喜詩詞。於退休之後，遷入元朗。於意發興起之餘，復按譜填詞，聊以自遣。非敢藉纖秀語，取媚時俗；更不自詡清流，謂引商刻羽考證古音，置身大晟座中，儼然詞客也。雖然詞之作，古人集中不乏情辭並茂者；亦有偏其所好，以爲性靈獨鍾者。以此論花，愛其氣質則色不如香，賞其美觀則香不如色。拙作色香俱非，乃不拘一格，或懷古、或即景、或回憶，亦自寫其意，自娛其情而已。以言文藝則吾豈敢！

採桑子　惜春

重來認取朱闌曲，桃李芬芳。楊柳飄揚，彩蝶雙雙意欲狂。
向誰解說春光好？對月高歌，把酒低哦，入座清風捲翠螺。

採桑子 娛夏

那堪回首同歡處！繡閣笙歌，曲院風荷，玄露霞觴笑語和。
流連荀令熏香久，紅袖調冰，錦琴怡情，一覺揚州夢不成。

採桑子 悲秋

去時不認天涯路！階下蟲聲，夢裡鄉情，野外荒雞半夜鳴。
無眠獨自微吟苦。正在悲秋，亦惹閒愁，月照闌干未下樓。

採桑子 過冬

書窗獨擁寒衾枕。月落前村，雪映南園，音訊悠悠久未傳。
喧聲歷歷殘年鼓。知是誰家？醉倒流霞。只怕寒梅未著花。

虞美人

灞陵橋上空相對，目送知音去。白鷗飛與白雲浮，浩瀚大江東去不西流。
難離難舍難留住，脈脈尋思處，臨行掩袂幾回頭？最是無情催發早登舟。

虞美人

故園何日重相見？離合情難遣，小樓寒重意淒迷，自顧身無彩翼不知歸！
梨渦淺笑添幽趣，鏡影曾歡對，荼薇開盡酒空斟！說甚陽春白雪郢中吟。

虞美人

錢塘江上江潮湧，吳越風波動，等閒休說帝王癡，百戰功高何似舞西施？
古今史乘重翻譜，試把娥眉數！聯軍劫後又豪門，誰爲兒童災難肯呼冤？

虞美人

融和天氣春光早，野外青青草。醉吟朝夕寫情懷，但願松陰獨自抱琴來。
梅花竹樹分幽翠，偶亦閒相對。故園重聚實難期！任是清風三徑幾人歸。

踏莎行

一院紅燈，環沁青草。朝歡暮樂園林好，弦邊玉笛去時歌，金壇筆下青春賦。
空自沉思，從頭細數。清觴濁酒論新故，話題偏說過來人，離鄉又想家山路。

點絳唇

楊柳飄飄，暮春怕聽陽關曲。愁清語濁，也解芳郊綠。
一點相思，永記顏如玉。誰能卜？心間環繞，舊恨終難續。

鷓鴣天

桃李蕭疏人亦稀，漁舟帶得暮煙歸。癡心莫解同心結，惜別難忘相別期。
鄉夢渺，楚雲迷。寒燈孤館自猜疑，去時正是春三月，轉瞬於今又雪飛。

望江南

雲出岫，南嶺綠迢迢。既已賞花情緒淡，云何憐惜玉容嬌？惆悵度春宵。
驚雁陣，鄉訊望遙遙。舊雨有情同一醉，新愁無句贈今朝，時日不輕饒。

清平樂

雪留香路，悄入梅花圃。昨夜酒邊添笑語，今日又成詩侶。
歸心豈待人催！枕邊響徹春雷。但願舊時王謝，梁間燕子飛回。

眼見媚

采菱舟過藕花香，三春煙霧長。東山絲竹，南樓歡樂，登覽難忘。
感君一段纏綿意，相與泛鵝黃。新亭遊宴，故家風物，何限神傷。

南柯子

雲暗初疑雨，窗開始放晴。遠山如畫景分明。聽得漁樵，歌唱一聲聲。
共醉清明酒，同登白下城。塵寰空自想蓬瀛！試問修仙，能有幾人成？

西江月

鏡裡容華佳妙，湖中彩色繽紛。隔簾吩咐送春人，莫問落紅成陣！
老去休嗟才拙，生來不怨家貧。桃花流水說前因，萬語千言無盡。

西江月

幾度驚心惡夢，經年屈指難期。天臺重會已非時，畢竟劉郎去矣！
醉臥洞庭湖上，詩成明月樓中。昏花老眼華堂空，記得清歌彈弄。

西江月

惆悵詩題紅葉，思量人約黃昏。從前風月竟成塵！到處溪山觸恨。
知是羊羔美酒，招來霧鬢風鬟。如今燈豔影闌珊，況是曲終人散。

減字木蘭花

朝霞初透，山與眉峰相映秀。寶篆添香，鎮日凝情淺淡妝。
千嬌百媚，點染胭脂傳錦字，雕鏤文章，詠絮才高數謝娘。

青玉案

客中可有重逢地？把夢裡，人留住。午夜風回吹細雨，殘更燈火，縱留餘味，飄渺如煙霧。

低回只有情難訴！那得東流帶愁去？吩咐歸鴻傳數語，潯陽江上，琵琶聲斷，曲意渾無據。

賀新郎

廿四橋邊事，月明中。砧聲細碎，簫聲柔媚。算有清才揮妙筆，寫盡山盟海誓。都不是，原來情味。指點華堂雙燕語，入尋常，百姓家棲止，今與昔，應如此。

秋風蕭瑟來何易！待明朝，東籬尋問，黃花關未？滿座新亭詩酒客，眞個惜花誰是？只留得，憐香名字。沉醉東風歌舊曲，使文君，白首空流涕，千古恨，一彈指。

賀新郎

綠遍池塘草，滿人間，崇樓傑閣。東君未報！試向穹蒼深處望。天上霞光萬道，照僻壞，盡成樂土。漫道烽煙多浩劫，願烽煙化作祥雲好。同把盞，一歡笑。天將破曉雞聲叫。許多時，欲將乖謬，說成佳妙。信道春來多美夢，都是眼前資料。也牽涉，鄉親不少，時勢英雄成與敗。到頭來，短歎和長嘯，人歌頌，自譏誚。

菩薩蠻

清冷歌調琴臺起，問誰解識琴中意？紅粉亦知音，難回破碎心。元夜空相憶，好夢非疇昔，誰謂惜春陰？春陰論淺深。

菩薩蠻

時逢節後瀟瀟雨，宦遊走遍邯鄲路，誰個不思鄉？思鄉總斷腸。

今夜難成夢，鐵馬隨風送。如是不留停，教人憶舊情。

清平樂

東山月露，落滿江頭樹。碧酒紅裙都易醉，一舸來回瓜步。
五湖舊約重牽，除非共訴纏綿。收拾當年綺恨，於今只合參禪。

清平樂

夜愁滋味，慰說春歸去。猶記朱闌同倚處，消得幾番風雨。
豪情回首當初，登樓引吭高歌。漫道歌聲清越，韶華不柰春何！

蝶戀花

憶念故人情已慣，此日茱萸，插後歸來晚。雲樹幾重遮淚眼，斜陽寂寞隨鴉返。
日下西山光欲散，獨自吟秋，秋老情何限！搔首問天天不管，南來只見高飛雁。

減字木蘭花

翩翩海燕，冷暖人間嘗已遍。乞巧針穿，今夜相逢七夕緣。
江洲司馬，濕透青衫情不假。窈窕腰身，吹動羅衣更動人。

浪淘沙

即景賦新詞，付與紅兒。斷腸風月已多時，目送征鴻揮手去，空說歸期。
人與月相違，惜別伊誰？江花開盡子規啼，洗淨壺觴君勸飲，醉也難辭。

滿江紅

萬里無雲，賞秋夜。畫樓清絕。薄羅衫，不勝寒重，漏聲將徹。尋夢不知村路遠，
孤帆吹向江頭月。記當時，忍淚出陽關，簫歌歇。
天欲曙，心難決。情已斷，分吳越。望河山，遠隔崎嶇重疊。如此情緣輕一別，空
憐弱質遭磨折。料前生，離合總安排，應誰說？

醜奴兒

春宵無寐空相憶，弱小堪憐，粉玉纖纖。騎鶴揚州作地仙。
洛陽西苑同遊地，裘馬翩翩，甲第雲連，文采風流今又傳。

醜奴兒

綸巾玉麈清談好，說到春歸。桃李成蹊，雁陣東排又向西。
綺羅芳澤花間路，氣息香濃。笑語從容，惜取餘光晚照紅。

醜奴兒

齊梁詩豔胭脂染，六代餘香，唐宋詞章，綺念幽懷說幾行？
雄才絕代稱豪傑，公瑾當行，諸葛無雙，吳蜀風光武節揚。

醜奴兒

襟懷廣闊連江海，盤馬彎弓，氣壯如虹，直上雲霄第幾重？
當年逸興今何在？夕照丹楓，詩滿囊中，老去於今歎技窮。

臨江仙

一夜西風秋信早，東籬三徑爭開。小園端候故人回，非關村釀熟，無酒也先來。
昨夜夢中皆樂事，醒時依舊寒灰。問誰獨擅子雲才？不堪思往跡，意氣振風雷。

臨江仙

人道落梅聲已歇，去留等是浮萍。楚山淮月送君行，江樓分袂處，笛韻已分明。
濁酒也堪留客醉，醒來不辨陰晴。是誰不動故鄉情？聯床嫌夜短，容易聽雞聲。

水龍吟

梅香雪白停勻，幽懷吟思都相近。相逢一夕，十分深契。餘情無盡，檢點芸窗，彩箋猶在。教人尋問？憶筵前酩酊，高歌永夜，消受得，寒侵鬢。
猶記長亭十里，臨岐話，難消悲憤。欲留無計，梨花帶雨，脂殘粉褪，薄倖王孫，狂名自許，獨多遺恨。若他年，買棹歸來，不顯貴，休相問。

漁家傲

意裡廣寒仙子戶，青天碧海同今古。信是千秋人不老，愁無數，春花秋月如何度？
願得人間安樂土，金樽檀板朝朝暮，兩鬢任教霜點早。論甘苦，羊羔美酒今宵好。

漁家傲

豔羨紅蓮開並蒂，荷塘水暖香風細。一霎眼波情欲醉，千金句，劉郎題贈蕭娘語。
水遠山長歸去來，海棠寥落春餘幾？若論那回相會處，同心侶，夢中啼笑渾無主。

踏莎行

鶯燕紛飛，弦歌疊奏，朱門休作非非想。錦屏掩映並肩時，月明今夜同清賞。
文字生涯，書生模樣，布衣疏食無奢望。豪情壯志似雲煙，溪流那有江河量。

踏莎行

明月樓中，桃花扇底，繡簾風動幽香細。題紅可望意先傳，交杯但願心相對。
異地偏逢，他鄉獨處，偶然留下鴛鴦句。今宵才得客中歡，幾曾想到回家計。

賀新郎

只有情難寄，念江南，家山岑寞，故人餘幾？自是樽前留不住，當日悲歡情味。弄巧語，何須驚喜。雪後更無鴻爪跡，料功名，富貴皆如此，花月恨，等兒戲！
從軍都是良家子，戍邊還，人歸鄉井。說來容易，苦煞閨中休怨婦，對影形單獨自。且休問，滿城風雨，萬里河山傳二世。在朝中，鹿馬由人指，成與敗，看秦始。

浣溪紗

燈火煌煌琥珀光，浮觴瀲灩蕊珠香，舊時歡笑作尋常。
一覺醒來都不見，枕邊惟有故家鄉，幾人零落幾名揚？

浣溪紗

憔悴春光可柰何？雜花生樹滿荒坡，吳頭楚尾別離歌。
優孟衣冠誰記憶？翻尋故跡費張羅，才華徒說五車多！

滿江紅

一夜飄來，渾似雪。滿堤飛絮吟不盡，花草閒愁，送春歸去，腸斷夜闌彈綠綺，心傷月下歌金縷。只如今，揮淚望江南，憑誰語？
陌上曲，今非故；天涯路，休重數？想平生，狷介易招讒妒。對月自難成好夢，舉杯那得謀長醉。見來鴻，展翅又高飛，心思慕。

朝中措

黯然春盡百花空，蜂蝶枉尋蹤。眼底白門垂柳，此時飄拂湖中。臨流極目，朝霞初上，水面流紅。放蕩江湖已慣，微醺一舸西東。

行香子

良夜張燈，明月浮清。興來時，簫管齊鳴。新聲悅耳，響遏雲停，似卿雲曲。鈞天樂，太平經。諸多酬酢，假作惺惺。在南樓，依舊豪情。幾多往事？如夢初醒，是聯吟處，銷愁閣，醉翁亭。

行香子

笑我孤吟，惜墨如金。莫思量，畫圖光陰。重簾細雨，分外銷沉。況春時節，歸時候，舊時心。

幾番遺恨，付與雕琴。燕歸來，庭院深深。朱顏日改，短鬢霜侵。在相思地，消魂夜，子規林。

江城子

蕭蕭風雨暮寒生，望江城，晚潮平。此夜撫今，追昔不休停。楊柳樓頭多笑語，無實故，祗虛聲。

旁人冷眼看分明，疾雷驚，百蟲鳴。落拓天涯，猶念故鄉情。吩咐後生須記取，逢故友，笑相迎。

江城子

梧桐凋落報秘歸，雁南飛，楚江湄。端的淵明，無醉不開眉。聞道故人詩酒約，同一醉，怎推辭？

管他誰是又誰非？自拈題，賦新詞。可記開懷，痛飲盡歡娛。往事紆迴如夢幻。同月夜，不堪提。

醉花陰

隔簾只見溟濛雨，不辨還鄉路。曾似在揚州，看遍鶯花，都是爲歡處。
名姬夜亘歌金縷，但願人長聚。暗地問東君，幾度花開，幾許花顏駐。

醉花陰

融融春曉冰初解，綠意新嬌態。無語送斜陽，家住東山，隱約遺風在。
千紅過盡眞無柰，百劫詩無改。美境說桃花，只爲桃花，朶朶皆文采。

柳梢青

綠陰深處，碧紗𢊍淨；春寒輕淺，目送驚鴻。迅消雲外，眉心難展。
任教崔護重來，對舊日，歡情何戀？遙望家山，銅關鐵鎖，煙深雲斷。

柳梢青

幾番風雨，襟懷落拓；飄零花絮，枕簟涼生。庭階人靜，淒清如許。
垂楊郵外人家，問酒客，留蹤何處？既已重來，又將歸去，六神無主。

柳梢青

數聲啼鳥，抑揚頓挫；餘音嫋嫋，好夢無憑。良辰不再，愁多少？
客來珍重琴樽，纔對酌，潘郎醉了。往事縈迴，不堪回首，怕牽煩擾。

鵲橋仙

紅楓凋落，黃葉紛披，景色蕭條如故。西樓此夜共傾心，說不盡，淒風苦雨。
新亭遊宴，對人歡笑，滿座全非舊侶。月光如水似當年，別一種，離愁滋味。

臨江仙

臘鼓喧聲驚曉夢，問誰不有家鄉？梅花掩映碧紗窗，重圓今夜月，清影也留香。
又是一冬閒過了，何曾整備歸裝？千篇詞賦贈紅妝，餘情空有恨，惆悵歎珠黃。

訴衷情

畫樓歌舞識吳娃，綽約一枝花。王嬙西子風致，家世亦烏紗。
空負卻，好年華！可堪嗟，留君不住。婉轉悲歌，訴與琵琶。

念奴嬌

花開陌上，豔陽天，芳徑凝紅千點，倚遍闌干。心自忖，當日盤桓無算，彩蝶紛飛，黃鶯互唱，都爲春留戀。芙蓉出水，認識美人初面。
憶昔夜泊秦淮，疏星連皓月。簫笙初轉，翠袖殷勤，情意在。素手玉杯頻，半笑含羞，幾分憐惜那？計杯深淺，細腰窈窕，綵衣易裁剪。

生查子

冰肌襯粉香，明鏡留清影。燕子欲歸時，住處須重省。
秦樓惜別離，憶念胭脂井。無地不相思，歷盡人間境。

生查子

銀河泛客槎，得遂平生志。滄海月明時，照遍魚龍戲。
畫屏金鷓鴣，出自高門第。臺榭變丘墟，冷落秋如此。

臨江仙

價重連城詩百首，誰知李杜當年，幾經磨折幾迍邅？文人遭劫運，悲苦不堪言。
珍重此情秘月夜，何須酒到唇邊，相逢正是碧雲天。不須圓舊夢，來去且隨緣。

滿庭芳

細柳成陰，湖光列綵，分明陌上清標。千金價重，由爾玉驄驕。記取羅幃心字，求凰曲，最是魂消。神仙侶，得成眷屬。花月正良宵。
遠山橫翠黛，覺天生麗質。無限慵嬌，借此金巵一醉。且留得，寶炬高燒，留戀著，洞房深處好景最難描。

清平樂

門前流水，不辨家鄉路。臨別悤忙留一語，未敢直言歸處。
春來認取誰家？先生高臥煙霞。也算早棲林下，從今休問京華。

清平樂

去年來處，紅染秋光素。夕照楓林仍故故，難得傾心同醉。
悠悠古寺疏鐘。板橋月下霜濃。久客未通音訊，何妨一問征鴻？

清平樂

冰肌清瘦，紅蓼花開後。長記花間攜玉手，淚眼回波掩袖。
江潮欲漲平堤，瓜洲渡口人歸。一葉扁舟橫渡，兩行鷗鷺雙棲。

燕歸梁

幾樹官梅雪後花，正疏影橫斜，孤山空說玉人家。誰追憶？舊年華。
筵前唱罷，江南曲曾，相與譜紅牙。喚回癡夢一聲嗟，難想望，醉流霞。

小重山

舟過霜橋月墜時，闌珊燈火白。恨來遲，寒宵空賞白蓮池。波影動，婀娜憶丰姿。
愁重損腰圍，園林多故跡，也傾危。由來薄倖屬男兒，揚州夢，辜負小吳姬。

蝶戀花

飛盡風花都是恨，待訴衷情，又說情休問！築起愁牆千百仞，問誰解得相思困？
樂在春宵胭脂陣，未到寒時，那識寒侵鬢！蜜語甘詞君莫信，毫釐可致丘山釁。

清平樂

老來情味，斷送春何許？芳草綠楊無覓處，細雨絲絲如淚。
憑欄恰在黃昏，南樓依舊芳辰，等是笙歌院落，難逢燕語撩人。

跋

吾師友雲先生，早歲耽於詞，結社集會，多江南文友。於觴詠之餘，各選詞之佳品，偶有接跡於宋人風格者，集腋成裘，分期登載於文藝月刊中。積以時日，有《樵山詞草》一卷，付之剞劂，分贈文友留念。惜乎年月湮遠，散失殆盡。一自南來以後，於雅會酬酢間，吾師絕口不談詞，但究心於詩道而已。嘗語予曰：「予往昔涉獵唐宋名家詩選，淺嘗輒止，實未經深入鑽研，是以望門不入，終爲檻外人。今迷心致力於此，固宜盡其餘暇，探索源流，窺精奧之蘊，庶幾或有所得，廣斯道，亦亡羊補牢之計也。」先後寫成小詩一百首，凡三輯。予一一爲之浣筆細書而後付梓。然而尚有耿耿於懷者，以未得一讀吾師之詞作爲憾也。

予佑吾師於詩詞之外，亦擅撰曲。當年上海永安公司總經郭琳爽先生創設永安樂社票房劇本，曲詞經吾師手撰者有《荊軻傳》、《桃花扇》、《西施》、《楚霸王》、《王寶釧》等名劇多種。其時名劇評家胡梯維先生，嘗親賞《荊軻傳》於卡爾登戲院。觀後有文載於報端，其中有句曰「所見詞曲之美，無與倫比，即昆曲亦遜。其情文生動，遑論皮黃，乃知箇中必有能手，十步之內，可產青蓮，洵不謬也」，以見吾師曲藝之精，不下於詩詞之美，信乎詞章之學，半賴用力之勤，半出自天賦者？

一九八五年秋歲次乙丑，吾師以年事已高，一再向學校力請退休。及遷入元朗居住，於退閒暇日，復理詞章。興至則塡詞自遣，風朝月夕，不乏佳章。積累至今，漸可成帙。吾師已逮七九高齡，所見思精筆健，才氣縱橫，冰雪之天，松節乃見。余深佩其思想精神之充沛也如此。當此《樵山詞鈔》既成爲之謄錄一過，並誌數言於卷後，以誌景仰之忱。

丙寅秋日受業潘瑞華跋並書

小詩一百首

麥友雲撰

自敘

長吟短什，各自有情，節改時遷能無感？予以樗櫟散材於役海隅，已疏朋席。襟期所托，恍如山陰鏡中季孟之間，非復長安日下首盤滋味，勞結益深。然猶於倦事筆硯之餘，視可詠者詠之。雖屬庸音，未能閣筆。前此小詩兩百首，先後付梓，凡二帙矣。明知雞蟲得失，無補於時。格律荒疏，何關乎道？其所以不遑隱避，不爲瓶守者，亦滄海萍飄，偶然寄跡之意耳！

丁巳仲冬麥友雲識於香江

平堤疏柳

潮漲平秋浦，重來識故蹊。目迷煙霧柳，情寄短長堤；舟繫風生後，烏飛日照西。疏條輕拂水，憐取舞腰低。

前題

遊倦數歸鴉，寒林也是家。平堤無雜樹，曲水滿殘霞；陶令五株隱，桓公一語嗟。
坐觀垂釣處，疏淡勝繁華。

寒雨

手不停翻眼欲穿，讀書如結百人緣。已知鶴去通梅訊，莫問鴻歸寄錦箋？刦後偶然
開一境，靜中聊自試初禪。回風轉向吹寒雨，木葉飄蕭入暮天。

客去

客去小樓靜，風鈴輕自搖。苦吟多舊憶，枯坐已深宵。可夢莊生蝶，無憂顏子瓢。
心耕求妙緒，何羨玉田苗。

春暉

銜泥燕子趁暮回，照影池邊柳眼開。喜有書聲消靜夜，了無心事托高臺。作逢日暖懷三友，閒借花光照滿杯。記得慈幃臨別話，那須杜宇喚歸來？

夜遊花市

甲寅除夕作

桃接梅開若有情，送寒才罷想紅英。待招明日芳園會，且作深宵花市行。覿面客多風韻少，舉頭天淨月弦清。買得一枝詩一首，最新題意賦春城。

聞笛

天風吹送玉音清，半作龍吟半鳳聲。敢問柯亭聞笛後，幾人消滅世間情。

水亭冬望

幽泉近接石林東，詠雪情懷想謝公。素影漸移沙岸白，新聲初試水亭紅。高標身價今名士，退隱江湖老釣翁。遊樂也知風雅好，貂裘敗絮總難同。

白蓮寺田遊

風過山門送野香，清新林氣滿中腸。忘機正好隨猿鶴，慕勢何爲識鳳凰。活火烹茶裁入味，連題分韻已成章。巖前落落低頭石，似解聞經自斂藏。

書懷一

大江東去浪淘急，初祖西來葦渡遲。千古英雄無別恨，只傷年壽有窮期。

書懷二

清樽笑傲江湖老，翠袖翻飛鶯燕忙。客裡光陰堪自適，不須惆悵念家鄉。

窗下植象牙江冬，至開花，元旦凝紅不墜，可與新枝競爽矣，喜賦一首。

太歲冬花開到今，嫣然顏色愜春心。白頭詩侶題紅手，笑和東風第一吟。

閒居憶友

君居嶺下我江濱，嵇阮何須共結鄰。車笠相逢同拜揖，蓴鱸回味是鄉親。一泓綠水曾雷影，三徑黃花暗笑人。量淺尙堪爲薄飲，待君重賦洞庭春。

園遊看杜鵑花

瀟湘夢斷鵑啼苦，錦繡屛開花燦紅。人世悲歡都有憾，天機神會始相通。

憶南京夫子廟

樓外山光接海陬，放情高唱識吳謳。生見慣說仲謀好，末代終傳歸命侯。

雜詠　七六年十月十一日讀報後

楊花質薄等微塵，偶爾飄飄托錦茵。忽見風吹輕墮溷，憑依無地自沈淪。
啼風啼雨強司晨，可恃淮南舊主人。一旦飛升攀不穩，碧天翻落紫泥塵。

桐陰月影

蕭蕭桐葉助蟲鳴，一片餘陰半暗明。白髮旅愁當此際，黃粱塵夢憶平生。風枝錯落秋窗影，夜話依稀田雨情。手把騷篇神欲倦，數聲琴韻入簾清。

冬賞梅

雪爲肌理玉爲根，相告初花喜欲奔。吹入勁風憐瘦骨，借將寒月吊詩魂。深宵遣興癡如醉，隔院聞香冷亦溫。疏蕊棋技輕著筆，有無情致待君論。

白蓮

雨後閒遊百步廊，參差翠蓋水珠光。孤芳格調才人筆，縞素裳衣仙子妝。雪藕情懷思故侶，采菱歌調賀新涼。千紅賞盡尋常色，沁入詩心是此香。

晚望

一推雪壓半山低，夕照殘雷鳥倦飛。高放謳歌輕放棹，此翁裁別酒寮歸。

己卯詩人節　得秋字

心力都拋盡，蒙讒一去休。江流驚石轉，風雨動天愁。漁父難爲卜，湘君可與儔。楚魂尋夢處，炎節等涼秋。

漠浦清遊

（其一）

鶯花磨亂春光老，鷗鷺逍遙水國寬。閱世濤知隨俗苦，浮家應作絕塵看。東城路遠來偏易，南浦情深別也難。愧我未能描一幅，青蓑人醉白沙灘。

（其二）

意裡仙槎天際來，客星懷想子陵臺。風波飽歷漁家淚，羅網紛張水國災。秋浦潮生人欲去，暮天寒重雁方回。捷才沈宋知誰是？自分遲吟領罰杯。

憶遊夜湖

如夢如煙說舊宮，夜遊清景廣寒同。西施豔舞嫦娥影，都在涵虛水月中。

答蕭生

怕約遊春費往還，歡場何似小樓閒？原無雅興參歌宴，那有豪情醉玉山，暗裡自嘲眞傀儡，人前裝作笑容顏。歸來就寢天方曉，隨著雞聲夢曙關。

秋興

順流一棹出蘆灣，秋杜人多合載還。畢竟斜陽愛芳草，遲遲猶未下西山。

丙辰五月多雨假日獨坐室中繁聲亂耳悶極有作

飛車過處鬼聲嘩，鼓樂交諠耳欲痳。仲夏賞心無一事，漫天風雨滿城蛙。

登高

不畏山高風力加，散飄華髮帽傾斜。秋雲意淡誰留客？江水流長總到家。離合難如潮有信，琢磨幾見玉無瑕。若從三徑追前跡，休問籬邊寂寞花。

秋思

一念加衣暑已過，石階沖雨若新磨。殘蟬乍歇閒庭苑，白露相侵薄綺羅。應是大河風浪少，奈何仙侶別離多。悲秋自古懷江楚，久矣陽春不復歌。

只羡

只羡山居自結廬，閉門深讀古人書。客來飽啖鮮蔬饌，春韭秋蓴盡可茹。

月夜簫聲

現世繁華比六朝，瓊花玉樹夢逍遙。醒來只道離情苦，聽去方知餘韻嬌！一點秋心同月白，幾行竹影仗風搖。詞林別有新簫史，鳳侶聞聲舞細腰。

行山入僧寺小憩試雨前茶

滿椀春芽浮碧煙，水清尋問出何淵？寺僧笑指飛流處，不識名山第幾泉。

黃昏江廔遠眺

遠岫溟蒙晴亦雨，天江溟漭水連天。一輪新月雲間出，澹素秋光夜最妍。

畫意

木石涵清玉水虛，草堂誰個接肩輿？客來小住無他事，月下松間好看書。

前題

輕舟蕩出細鱗紋，瀲灩霞光彩色紛。終老江湖吾不恨，怕登華泰近風雲。

放翁生日　得奇字

半壁偏安勢不支，嘵嘵和議竟如飴。愁無遣處聊爲放，酒到狂時自有詩。千里胡塵猶未滅，百年家祭復何辭？才高命舛誠難測，腸斷沈園遇亦奇。

小春吟

疏枝新吐點兒紅，梅訊隨幡吹向東。擊拍數聲歌白雪，披襟一笑逐和風。冰心澄慮渾如鏡，好夢疑眞未是空。吟到小陽春意足，消寒尋樂與君同。

春日雅集　得朋字

夢到花溪訪杜陵，花迷竹暗露珠凝。一朝俊彥文星降，半壁樓臺曉日升。春事可娛思綠野，芳塵無跡見水清。謝公不鮮生公法，回首東山喚舊朋。

老子

老子留言盡五千，青牛一擊渺音煙。中原禮義今如此！道德誰曾關外傳？

題潘生山水畫

竹屋蓬窗結小村，不煩更鼓警池園。雷連迅景成幽趣，停泊遙崖隔市喧。碧海迢迢常夢渡，白雲片片此心存。秋林風葉多如許！何事先生晝掩門。

鄉村初夏

童年牛背勝朱輪，自展歡顏自作顰。綠水擎荷迎細雨，舊巢歸燕落輕塵。神遊解說西湖好，興至忘懷南阮貧。吩咐蝶飛鶯唱罷，明春歌舞再翻新。

友人粉嶺別業落成賦此為贈

離鄉終竟誤歸程，池苑新基可慰情。雲合頓教林壑隱，雨來翻覺竹窗清。山中偶爾聞琴笛，松下何須問姓名？漫說臥龍難再得，使君誰不重虛聲。

妃子笑

自是昭陽第一姝，遠求珍果海南隅。即頒手詔馳千里，爲博心歡動萬夫。情到獨鍾偏愛寵，物惟稀有勝瓊瑜！畫壇不少生花筆，能寫楊妃巧笑無？

夜

沉沉天地自深藏，消盡豪情掩盡狂。星暗已難支夜黑，寒林燈火不生光。

雨天

彩雲雖好迅消沈，辜負滄洲結社吟。色辨晦明青白眼，情關涼淺越吳音。蜀中道險難容馬，漢上臺荒已斷琴。今日雨天還自得，隔簾不被落花侵。

憶鄧尉觀梅花未盛發遊人亦復寥寥抒懷一首

雨後遊山異樣清，疏梅渾似未妝成？情知開早無眞賞，故作遲花對月明。

晚興

懶參文酒謝交遊，頑石相譏我點頭。薄紙人情歌下里，寒灰心事擲東流。觀書冷落一窗月，掃葉消磨滿地秋。免使友朋譏俗骨，年來無句詠春愁。

讀史惜曹劉

縱橫才略展雄奇，天道如何未可知？魏武無功諸葛死，獨留司馬冠當時。

題畫

籬落松杉世外村，輕煙澹霧掩朝暾。中峰直出稱奇景，老漢潛居抱鈍根。曉笛有風吹漂渺，秋衾無夢到家園。下山便見招賢榜，未必窮儒願拜恩。

缺題

烈日炎威可炙膚，調冰揮汗走殊途。路邊蔬果蠅頭利，郊外園林大腹胡。競逐名場慚敗北，退歸閒院戲稱孤。瓜棚笑樂無燈火，強學聊齋說鬼狐。

人月圓

但與天爲樂，不愁海作瀾。雙攜詩伴侶，同倚碧欄杆。貼鬢連清影，談心抵夜寒。靈臺明鏡似，圓月鏡中看。

秋籬新趣

動人秋思只東籬，西閣南廔那有詩？愛聽朱弦彈古調，亦傾菊酒試新卮。樹連寺塔通三徑，月照亭欄認尺碑。白露承來磨紫硯，狂書醉繪兩淋漓。

龍門

逢迎揖拜接車塵，徒見寒儒自辱身。縱使登龍聲價重，李膺何愛厚顏人。

菊訊

雁影渺如秋岸白，酒顏莞爾夕陽紅。西風報導黃花好，樂煞陶村幾醉翁。

醉中

糊模醉眼望碧宵，遊想瓊漿贈一瓢。忽覺秋風吹酒面，又驚桂子亂香飄。

夢到壺山別有天

身如行腳躡雲蹤，夢到蓬壺疊疊峰。人自洗心崖不過，修眞遊樂兩從容。

離島遊

追慕東山樂，乘舟涉遠津。琴書常左右，風雅未沉淪，入目蓬洲景，回頭滄海塵。漸多詩酒債，何日得閒身？

登山觀日出

平時高調不成腔，畫伯詩人斂手降。眼底意中皆絕色，一天雲彩壓秋江。

秋山

吟賞春晴夏雨時，苦無新意賦新詩。一朝風轉吹黃葉，始覺淒清入畫宜。

思量

往事縈迴如許長，無關情處也思量！從何乞取療心藥？到枕安眠不念鄉。

見石壁殘篆作

田篆殘留石未磨，誰當刬後問銅駝？野花遍地無芳草，一代山河入浩歌。

贈友

楊柳堤邊把盞呼，也應投玉報明珠。劉郎才力眞無敵，喚起春風吹滿湖。

郊外精舍

疑是高人宅，園林得地宜。揚聲方欲問，低首自尋思。不識籬東客，何來世外奇？臨風思惠遠，聊誦白蓮詩。

閏中秋

過盡光陰總不留，嫦娥今夕卻回頭。人家果餌分兒輩，詩國風雲動勝流。佳節重來仍十五，盛筵歡渡再中秋。涼無更鼓催良夜，勿令匆匆月下樓。

留侯

動蟄安然最識時，功成不作帝王師。難能納履稱孺子，密授陰符是譎詞。

冬夜

半宵爐火炭成灰，愁網千絲剪不開。生怕南園梅放後，襄陽無意冒寒來。

讀史

禍臨眉睫悔封侯，功狗紛烹各有由。若不軍門齊左袒！絳侯何策獨安劉？
淒絕虞兮帳下歌，大王氣盡妾如何？引鋒自決能完節，勝似囚身入網羅。

校園老梅兩株，一紅一白，紅梅間歲開花，白梅則色香自斂，直至去年奇寒，始盛開一次，為十年來所僅見。因賦紅白梅詩。

紅梅

今歲梅開早，牆隅滿樹紅。嚴寒雖未雪，清賞正當風。幹古饒生氣，顏酡比少童。
孤標東苑外，倒影半池中。不爲芳華惜，能參色相空。容光深自斂，猶見玉玲瓏。

白梅

獨愛雪晶白，不嫌月暗黃。十年花未發，一夜玉生香。入得清虛府，依然淡素妝。
同歸林處士，鶴子認梅娘。

都南吟

惡犬逞狂吠，醜徒恣跳樑。是非誰管得，風月正當行。最惱瓢爲飲，不嫌膏滿腸。
炎涼生詭變。朝炭夕冰霜。

桐葉

（其一）

漸冷北窗枕，難當九月霜。吹來一葉小，遙望百年長。爾樹誇資質，人家作棟樑。為能支大廈，多被斧斤傷。

（其二）

休怨知音寡，劇憐別恨深。鄉關時入夢，風雨一鳴琴。零落飄庭院，清涼逼枕衾。相思如可寄？遙贈慰癡心。

秋夜

四照樓開笛一聲，畫船燈火夜湖清。江山勝處堪懷古，只遜坡翁月下情。

司馬相如扇頭

一曲琴挑士行摧，遺章封禪有餘災。後生休誦長門賦，秦漢儒林不乏才。

寄海外

何日飛翔渡海潯，低斟杯酒訴秋心。夜來獨自無情緒，鐵馬西風相對吟。

感事

如此桃源冷若冰，棘中求活苦攀登。忽閒滄海平蛟窟，轉望乘槎返武陵。

有寄

頻年哀樂蘊深衷，事事從頭自省躬。遠道塵飛催驛馬，平沙水落歇征鴻。風花寂歷韶光淡，煙霧迷茫山海空。太息阮公徒善哭，清狂何補世途窮。

元旦友人送酒

贈我醇醪九醞珍，願開酒戒試嘗眞。過江夜夜新亭宴，不見他鄉少個春。

煙雨郊遊

芳郊曲水羨流杯，心恐遲遊青鳥催。自謂幽情閒裡得，更逢佳客雨中來。野煙深鎖半江水，山樹難防一炬災。滄海成田田亦海，誰知天地幾循回？

餞歲

歲晚風光慶早梅，一堂香泛玉羅杯。送寒舞袖歌么鳳，愛日斑衣戲老萊。年畫彩圖田父樂，臘燈紅影羨人腮。醉翁爲踐元宵約，即席聯吟試妙才。

窗前供時花丁巳元旦　紅蕚盛開欣然有作

初開紅蕚及芳辰，觴詠乘時應早春。何必文章追魏晉，風流先數醉鄉人。

元宵續宴

重上燈慶君莫辭，且留心影到今時。宋明都解金吾禁，兒女爭傳花市詞。往事成煙猶有恨，情天不老總難期。勸君聽罷秋娘曲，莫學春蠶自縛絲。

久旱聞雷繼而下雨喜賦一絕

雷鳴一夜振乾剛，大地甘霖喜若狂。奚獨萬家齊解慍，山川林木盡蒼蒼。

梅株

仙苗只合種林家，題贈人經俗齒牙。爲恐送寒詩賦罷，冷香移作賀年花。

初夏

蟬鳴柳岸合迎新，月照蓮池欲出塵。可笑惜花人自苦，水流紅處暗傷春。

誰說朱門獨佔春

四座春風笑語頻，牡丹亭館落香塵。黃金鋪地不生草，新綠何由趕上春。

聞雷

萬千屈枉問天鳴，天報雷聲若有情。人在夢中心自醒，冷風吹雨枕衾清。

無題

桃李無言浦柳欺，洛陽遲訊誤芳菲。白頭居士翻新譜，再唱春來付雪兒。

天涯時雨潤榴花

自份天涯老，不知雨及時。池塘添綠潤，亭館養紅怡。目賞榴花豔，心儀絳玉姿。回看小兒女，跣足水邊嬉。

（其二）

天涯同作客，相遇莫唏噓。五月忙農畝，諸親集故閭。榴花紅欲滴，時雨潤方舒。獨惱南飛雁，情疏少寄書。

讀史

天下英雄君與操，英雄事業竟徒勞。魏承漢祚窮機巧，司馬亡曹不用刀。

荒村閒夜讀感懷

周南歌自人倫始，禮運期於大道行。想是天公留一脈，送來寒夜讀書聲。

雄文

自矜才氣逞雄奇，百辯縱橫快一時。彪炳庶幾同猛虎，文章難得有眞知。

簫聲

午夜無眠覺有聊，幾回低囀意飄搖？百花盡放留千葉，一代輕過唱六朝。客子舊情憐綠綺，美人清淚濕紅綃。淮揚韻事依稀似，楊柳新聲滿畫橋。

旨酒戲作

墨倦筆慵笑主張，且收書畫論壺觴。眼中酒國無餘子，願與諸君戰一場。

喜訊

一局爭衡百變終，升沉時會與棋同。精禽枉自填東海，老驥何由問朔風。大抵杏花因放早，不堪夜雨已殘紅。獨聞喜報鶯無恙，飛入輕煙萬柳中。

感事

花草娛人沾雨露，江山走馬換英雄。剛柔本是尋常事，歷古循回悟不通。

讀史

一人得志斯爲重，萬骨成灰非可驚。二十五朝多少恨，皇陵無語聽風鳴。

暮春

鶯飛流響兩三聲，楊柳搖風影亦清。吟盡落花詩百韻，天無憐意水無情。

旨酒

婉轉情難己，琵琶聲欲低。獻巵歡笑罷，掩袖下廔啼。

關君贈我以畫報之以詩

書生几席總塵凝，別有靈心透玉冰。含吐湖山一硯水，周旋風雨半窗燈。可臻妙境原無價，得破玄關第幾層？白日昏沉天欲暝，煩君寫出月初升。

跋

吾師以小詩名其集，意者謂遣興之作，不足傳。自余嘗於謄錄餘暇，請問於師曰：「君子之於善也，無小而不舉；其於惡也，無微而不黜。小詩之爲，小得毋類此乎？」吾師笑而顧之徐徐曰：「鉅者宜鉅，小者宜小。天義爲先，物名其後。子但爲我書之戔戔者，復何問焉？」余於是涗筆以書。書成，謹識數語於此。再復思之，有餘懷也。

丁巳冬至受業潘瑞華識

松風歲月

作者簡介

老瑞松，廣東順德人，一九五八年出生於香港，青年詩書畫家。一九七八年畢業於孔聖堂中學，曾師事名詩書畫家黃維琩先生、吳天任先生、關應良先生，學藝造詣甚深。先後於一九八八年、一九九五年、一九九九年及二千零一年，分別在香港、澳門、廣州及順德舉行個人書畫展覽，並於一九九九年出版《老瑞松書畫集》流通世界。

序

摯友老瑞松先生，耽於詩、書、畫。知早歲曾從吳天任先生治詩、黃維琩先生習書、關應良先生學畫，俱各有所得。二十多寒暑以來，三藝創作不輟，畫展覽無數，雖不爭露圭角，而眾咸謂能。近歲眼疾日重，視力殆及常人十一，然瑞松不因而頹唐，且堅守三藝，以善其身。復蓄徒作薪火之傳，其奮發如此，足爲世範。瑞松今以其篋中詩稿付梓，曰「松風歲月」，囑余爲序，並謂當年隨其師天任先生學詩，有筆記「學詩四講」一併付錄，俾能彰其師之學，尊師如此，寧無數語以應？是爲序。

時甲申年初夏趙炯輝序於香江之半山草堂。

甲部詩鈔

己未詩艸

憶遊黃花崗

青天白日滿地紅，浩氣長存繫心中。碧血黃花七十二，中華天下永爲公。

訪友

天朗氣清風微涼，秋山綠水白雲鄉。雞鳴犬吠迎生客，酒逢知己醉歌長。

登太平山

雞鳴疾步太平山，太平山路彎又彎。彎彎路上煙霧罩，霧煙半鎖女羞顏。欲速登峰從捷徑，徑藏道隱撥草菅。草紅岩赤朝霧散，如見廬山現一斑。

無題

花開花落歲華遷，雨洗秋顏色色鮮。寒食家家吹飯火，天狼處處斷人煙。

除夕

聚首天倫會一堂，珍饈百味酒醅香。連綿話語歲除渡，熱透華筵共舉觴。

除夕郊遊

颯颯北風相競侵，花香鬱鬱奈君尋。孤鴻斷信春歸處，淫雨霏霏濕客襟。

花市

處處映紅春萬千，人人買花渡新年。歸根落葉誰來羨？遺恨桃英遍地塡。

妙法寺二首

彌勒迎賓坐殿門，壁間萬佛靜無言。分陳十六阿羅漢，敢問何因缺二尊？

對聯首尾倒何因？高處樓臺謝客臨。菩薩尊尊尋奉養，結緣無處是來賓。

太空穿梭機

名利當前水火爭，眞眞假假失升平。文明科學求其次，軍事紛爭禍衆生。

雨中園讀

霪雨減常客，亭陰放浪吟。知音常自得，尙友卷中尋。

母親節

孝道日衰微，倫常亦漸非。盲從歐美俗，反受蠻夷譏。

閱報　中國語文信箱

工具何其多？光陰莫蹉跎！成功自努力，塵世幾偏頗！

山火

多少十年樹，今朝化作薪。青青遭赤化，紅焰遍山垠。

香港屠夫　閱報有感

倫常日漸破，道統亦趨亡。燈滅誰來復？何方露曙光？

聞雞書感

馬鳴似笑可情眞，若哭驢嘶如有因！曉起雞聲啼滿室，莫非爲我報昏晨。

客至

千里逢君帶雨來，蓬門早啓酒樽開。與君醉入黃粱夢，夢裡繁華共一回。

送友人環遊世界

作客天涯君自珍，海隅知己若居鄰。大千世界不遊殫，湖海山河處處新。

讀報有感

少年同學相菲薄，小雅國風日息微。俗世附庸多不肖，未能自愛反相譏。

與某君小飲

平生自覺遠塵囂，知己相逢更自驕。昔日詩僊醉投水，今我相知雨逍遙。

渡海

憑欄仰望上弓彎，低首難尋舊日顏。滄海茫茫添我恨，不知何日大刀環？

曉起山行

屈指焉知幾度攀？雞鳴遲步太平山。手持一卷憑高嘯，回首雲山共往還。

送人遠行

君作天涯客，相送感知音。望望人去遠，誰聽伯牙琴？

歲暮懷人二首

當年共學加山麓，此日追懷舊雨哀。風度翩翩稱俊士，音容渺渺悼英才。

凋零文化又塵灰，往事依稀蝶夢迴。同別門牆沾化雨，重溫舊學有餘哀。

庚申詩艸

香山寺

山寺際伊邊，靜朝郭外田。八年修心性，羨他白樂天。

晨遊動植物公園

落葉似秋顏，雲煙雨裡山。樹搖風始動，新綠激潺潺。

遇湘潭二首

阡陌綠成茵，霧煙鎖早晨。衡山皆赤土，不似湘江春。

丘陵千里地，赤土蓋湘潭。蔬果布梯田，魚蔬下嶺南。

夜讀

斜陽仍習文，他日顯功勳。不惜時光過，但須筋力勤。晨風驚我夢，狗吠未驚聞。

衣薄不勝冷！慈親備暖衿。

過汨羅江

端陽話屈平，投河表忠貞。今日有緣過，離騷見此情。

次黃河

水平壓柳邊，東風發天然。清心憑高眺，喜見河靜天。

鄭州

縱橫道康莊，梧桐夾道長。田間盡小麥，來往用驢驪。

嵩陽書院

傳經五百年，弟子化三千。一夕凋零後，鳥飛周柏前。

過洞庭有感

一線青山一線天，茫茫湖海玉生煙。風雲半掩江山面，待出英雄十八年。

謁宋陵　真宗永定陵

氣朗天青謁宋陵，當年父老望中興。石人目證風雲變，莽莽江山袖手登。

過武漢長江大橋

武漢長江共一天，流經此地不知年！滄桑永鎖風雲地，待日澄清籠岸煙。

龍亭　萬壽宮

龍亭萬壽帝皇家，宴飲歡騰不厭奢。玉砌雕欄猶有在，春來猶發舊時花。

中嶽嵩山

中州嵩岳鎮諸方，峻極群峰氣勢昂。落日墟煙行客至，會登絕頂覽蒼茫。

過衡山

今日過衡山，正因謁聖顏。奈何峰頂雨！遺恨未登攀。

掃墓

暮春三月倍傷神，未報劬勞慚謁親。道德淪亡香港地，清明不盡掃墓人。

梅

一夜寒來花滿枝，淡妝濃抹各相宜。無情風雨殘紅落，底事春來異昔時。

嵩山少林寺三首

武藝世稱揚，達摩源濫觴。滄桑一夕後，四處野庭荒。
山門久頹壞，塔林影漸長。樓臺遭火滅，菩薩待燒香。

斜陽寂寞霧煙飛，舍利滄桑靜翠微。七級浮屠朝幻海，一坏黃土坐禪機。

天后誕

夏春佳節古猶今，人海人山帶雨臨。多少馨香奉神客，漁民水上最虔心。

鐵塔

琉璃寶塔不沾塵，一上眼開界大千。欲窮千里不勝冷，阿彌陀佛現身前。

中嶽廟

將軍凜凜你軒昂，中嶽行宮鎮四方。秦漢樓臺隨逝水，更堪閒話宋滄桑。

相國　又名建國寺陵君故宅

信陵公子舊門庭，變幻千秋幾度經？殿閣樓臺猶有在，當年陌上草青青。

洛陽伊水龍門石窟

石窟浮雕希世珍，眼中菩薩亦風塵。龍門劫後迎生客，鬼斧神功見佛身。

密縣打虎亭漢墓二首　漢弘農太守張伯雅之墓

己進傷心地，何須發我邱？他朝君入土，恐有效尤不？

入土爲安長作眠，阿彌陀佛許吾見。青山忍爲群盜發，白骨成灰恐復然！

齊雲塔

寶塔齊雲白馬東，滄桑歷盡苦甘同。燭香無待遊人進，落日依稀笑北風。

釋源白馬寺　漢明帝永平年建

釋源白馬永平興，淨土眞言互繼承。何日東西鐘復應？遺僧猶誦金剛經。

觀音誕謁觀音寺二月十九

因緣偶合拜觀音，句句阿彌動衆生。五蘊皆空同照遍，慈航普渡禱昇平。

公園曉坐

新綠遍東風，鵑花吐豔紅。人情何所淡？春色爲誰濃？

感戰

十里風雲五里煙，臨江猶覺岸無邊。重重炮火聲聲哭，幾度殘垣五度禪。

舊居

閒遊適舊居，往事一唏噓。歲月如流水，鄉人笑語誰？

辛酉詩艸

大陸來客

卅年饑餒倫常廢，文化殘催道統亡。醉夢繁華逞兇性，東方幾度現紅光？

地下鐵路

直闖黃泉非昨夢，往來地獄水晶宮。人間天地無分別，馬面牛頭處處逢。

選美

鬥麗爭妍逐利名，牡丹宜俗不宜清。良駒不食回頭草，鄭衛色聲損美情。

浴佛誕大雨

天降甘霖浴佛身，佛身何處惹埃塵？澄清世俗炎涼態，向果迴因不用陳。

無題

無題不可入詩中，反樸歸眞情意衷。瀝血何須肝腸斷，笑臥花間尺三童。

偶作

爲詩首在意先通，情達詞華有淡濃。日久葫蘆頓悟破，從心所欲媲天工。

無題

死生名利美人關，眼裡英雄似等閒。不似逍遙聖人過，浮雲過處盡閒閒。

雨雹 二月十四晚

朝聞雨影急，眺望蒼天泣。睡眼送行人，雹飛無數粒。

過青山 正月人日

颯颯東風綠滿山，屯門建設海西灣。塵埃染出繁華色，習靜何方得小閒？

春雨 青年節

白雲深處有人家，霪雨霏霏見物華。千古風流人已去，春來猶發舊時花。

聽雷

雷送春聲活衆生，千紅萬綠各爭榮。叢叢花艸叢叢竹，空山靈雨自太平。

公園閱讀

山雨欲來風滿林，花飛蝴蝶淚沾襟。猿猴隔樹哀來客，未覺綠空動我心。

觀雀

孔雀閒遊飲啄間，含情鸛鶴逐池灣。吱吱雛鳥誰來盼？緬邈遊人各自閒。

賞鳥

比翼鴛鴦日困籠，自由失去戀池中。此身何似逍遙樂，那管春暉西復東。

輓粱校長隱盦居士

傳經絳帳有餘思，杖履追隨學道遲。木鐸聲沉人已渺，緬懷化雨失良師。

養病

枕上時聞落葉頻，眼花起坐信由人。痛時頓悟健康貴，名利從來誤此身！

越嶺南

疊疊崖嵬杉樹林，大庚梅嶺氣蕭森。近江山色澄心影，遠客閒來消濁沉。夾道桃枝皆新綠，巖崖宿鳥噪舊音。但悲李杜不曾到，遺恨此情有未吟！

立秋郊行二首

連袂郊行一徑深，立秋風雨競相侵。烏雲環鎖群峰頂，白浪騰翻四海陰。雨洗青山詩意鮮，久經熱浪潤田園。人間不少炎涼態，仰望浮雲別有天。

廣州行十二首

海幢寺

寶利鐘聲舊五羊，公園幾度歎滄桑！閒來退食無聊語，殿閣誰教作廠房？

六祖殿

明鏡菩提何處尋？來依佛地自沉吟。塵埃不惹莊嚴相，香燭煙中淨客心。

光孝寺

達摩南渡種訶林，六祖歸禪斷發簪。歷代更新號光孝，南宗響遍木魚音。

五仙觀

大雨滂沱鎖道場，全非面目減濃妝。閉門多少尋常客，暫寄空門一炷香。

六榕寺

東坡題額顯神鋒，古寺森森護六榕。多少黃泉人不見，忍看佛國白雲封。

菩提樹

光孝夕煙迷，海幢聊暫棲。衆生未渡盡，誓不證菩提。

中山紀念堂

不求聞達仰先生，盡粹邦家覓太平。正氣浩然存天地，丈夫何必論功名？

瘞髮塔

煩惱三千斷，菩提長作伴。浮屠七級坐，禪心不離散。

花塔

花塔疊重重，壚煙日漸濃。炎涼觀不盡，幾度聽殘鐘？

羊城二首

羊城到處換新妝，鬢髻衣裳異舊鄉。自由市場充道路，物資豐盛價高昂。

五嶽三山雜廣州，求生異地運才謀。人前賣藝強爲笑，掌相橋邊閒客留。

廣州市府

長爲政治地，易主平常事。日日自生暉，那教誰在位？

順德行七首

清暉園

名園吾粵首清暉，殿閣樓臺擁釣磯。名木嘉花隨處植，繁華昔日逐塵飛。

清明　大良順風山

佳節清明客不愁，人人乞假祭先邱。舟車處處無邊遠，九眼橋中難去留。

玉棠春

帝王名木賜官臣，戰火年年幸保身。花落花開時世改，更名不改玉棠春。

西林寺

西林不復名，殘劫尚餘驚。化作閒遊地，人來幾送迎。

鄉居三首

（一）

曉行坐翠微，午睡依釣磯。魚蔬最鮮美，日暮詠而歸。

（二）

家家堂堂坐觀音，處處揮春不用尋。地主門前香燭盛，管教批孔或批林。

（三）

年青皆惡口，每飯一杯酒。交際喜抽煙，心慕香港走。

電謝杜鵑

春棄杜鵑去，青山無定處。歡顏難再得，轉眼化萍絮。

日本竄改歷史教材有感

前者不忘後事師，春秋史記豈能移？行爲禽獸動公憤，教訓應垂後世知。

壬戌粵北遊七首

金雞嶺　於粵北樂昌縣坪石嶺，面臨北江。

南嶺有金雞，無聲面向西。北江流不盡，誓不向東啼。

丹霞山二首　廣東四大名山之一，伽藍棋布，以別傳寺聞世。

（一）

四大名山首丹霞，別傳寶刹未可誇！叢林處處皆淨土，煙雨斜陽滿袈裟。

（二）

踏石穿山過，崖嵬一線天。奇峰通別洞，飛水滴巔巔。

金雞嶺谷中石窟

為嶺南最大者，內侍有后羿射日，女媧補天，古開天地三古蹟。

闢地開天造四方，彎弓滿射金烏狂。女媧煉石補天闕，南嶺浮雕此擅場。

獅子岩

位於粵北馬霸縣，形如伏獅，嘗為猿人居。

獅子岩中別有天，鐘鐘孔石耀賓前。洪荒世外猿人洞，六祖曾參般若禪。

南華寺

一偈菩提佛法來，南華寶剎不沾埃。東山法派庚嶺繼，千古禪門曹洞開。

錦江

源自湖南，越南嶺匯入北江。

錦江遊子醉，灑遍行人淚。水自故鄉來，滴滴自含翠。

順德碧江金樓二首

（一）

碧水丹山奇樹葩，江南春雨綠桑麻。金光欸乃桅檣動，樓閣書聲繞彩霞。

碧江廿四詠，句句讀書聲。金櫃空餘架，焉能復美名？

（二）

解心茶

閒來一盞解心茶，零雨其濛二月花。洗盡禽流瘟疫病，東風亂柳夕陽斜。

清遠飛來禪寺

晨霧瘴北航，鼓鐘歎滄桑。飛來復飛去，禪院見佛光。

同窗試茶

同窗對飲試新茶，煙雨江樓降碧紗。洗淨凡心留雅興，鶯聲滿樹影花斜。

再進清暉園

斜陽樹影掃哀愁，寂寞歸心不待秋。花氣襲人留客處，苔痕漫壁上高樓。

黃山夢筆生花

夢筆出奇葩，雲煙擁彩霞。東風來洗臉，草木蓋青紗。

送上學途中

朝陽照走廊，蘭若吐芬芳。過客上班急，懶迎撲面香。

言論自由

蟬雀各爭鳴，自然風有聲。任君歸故里，何日逐前程？

遊園

蟬鳥歌聲繞樹巔，行人接踵各趨前。花香鳥語隨風逝，如是年年化大千。

晨運

蟬聲滿樹叢，健體蔚成風。香港自由地，養生各不同。

海南島南山寺

南山在望彩雲間，眼底叢林盡笑顏。法雨雷霆驚大地，凡心洗淨載經還。

清遠飛霞山

南嶺飛來鎮北川，洞大福地訪仙賢。唏噓黑鷺迎生客，吐哺銀鯉仰問天。拾級參神連過渡，立碑簡體大同篇。叢林古剎不藏住，名利凡心眼底錢。

乙部雜錄

贈梁魏懋女賢女士　小童群益會六十同年紀盛

魏群六十載
懋益萬千賢

香港小童群益會金禧紀盛

西元一九八六年，小心培育我兒童。童叟無欺貫始終，群學群生五十載。益人益己萬千窮。會流四海精誠至，金石爲開德望崇。禧告香江安定地，頌聲響應太平風。

基督教女青年會幼稚園創校銀禧紀盛一九九〇

女牆之內
青出於藍
幼人幼己
稚子雄心

園林校舍
銀臺良朋
禧神賜福
頌揚主恩

順德聯誼總會李兆基中學　銀禧紀盛西元二千〇四年

李桃春風
兆業日隆
基礎牢固
中興黌宮
學貫西東
銀臺相逢
禧楊德信
頌文行忠

順德聯誼總會何日東小學

創校廿周年紀盛二〇〇四

何氏善長
日興教場
東西文化
小心傳良
學風廣被
廿載名揚
周創佳績
年獎盛倡
校務精進
興同自強

對聯　賀盧秉禮先生與愛文小姐新婚

秉傳統成就嘉禮
愛彼此永卜誓文

贈蒙偉鴻先生（藝升公司東主）

偉業雄心傳國藝
鴻圖大展日高升

贈游永滿先生（永昌、美景公司東主）

永留美景傳金藝
滿譽環球萬世昌

贈葉美好區議員

美滿環境齊創造
好施樂善爲人群

贈徐錦榮學長

錦繡前程是吾願
榮華富貴非我求

贈徐俊祥學長

不倦誨人培彥俊
春風化雨致和祥

贈樹仁學院

樹德務滋有教無類
仁風廣被作育多方

贈陳子民先生榮休（小童群益會中心主任）

爲兒童雄心赤子
陳利害造福居民

贈聖十字敬兒童會

聖道倡明弘揚教化
十字徑裡作育兒童

輓聯

輓關老太夫人（關應良先生母親）

福慧雙修歸淨土
因緣一切念彌陀

輓鄧又同鄉先生

又近重陽悟惜幾度聯歡曾聚首
臨珠海唏嘘一彎新月念詩人

輓趙老太夫人（趙炯輝先生母親）

持家有道教子有方成大器

含笑無求待人無愧致小康

飛霞遊記

甲甲暮春之初，余與長者五六人、冠者六七人游於清遠飛霞之山。先訪飛來禪寺，後探古洞。飛霞前者臨江而座，玉帶環腰；後者擇山而藏，蒼松疊翠。蓋二者皆洞天福地，人間仙境也。自南朝以降，遊此聖域者，唐宋有退之、東坡等風流人物；宋明之間則有朱熹海瑞之聖哲賢能。正所謂人傑地靈者，才俊輩出之士，古有張九齡，近出朱九江，文風之盛可見一斑耳！今余適此地，有感而歎曰「憶黑鷺愁鎖而唏噓兮，迎陌客於江邊。惜銀鯉仰天而吐哺兮，供放生而得脫。悲衆生拾級而參神兮，祈富貴而榮華。至於其至極者則以簡體字而刻石兮，即立地而成碑」夫豈不令余立地而成悲哉！

跋老瑞松先生「松風歲月」

歲次甲申，時維孟夏，草木滋長，百花爭妍。瑞松先生因暇日輯其詩稿成集，顏曰「松風歲月」，將以付梓，藉資紀念，誠佳事也。先生性喜文藝，少歲隨關應良老師習繪畫，獲益孔多。歷年於香港、澳門、廣州、順德等地舉行展覽，成績斐然。西元一九七八年，先生入樹仁學院研讀中國文學，蒙　湯定宇、溫中行、翁一鶴、何覺、石磊諸學者授業，又承詩家　吳天任老師教以詩學，黃維琩老師傳文字學及書法心得，凡此陶冶，先生學藝雙修，精益求精矣。書畫者，心之圖像，而詩以言志。是書甲編爲先生雅制，多即景抒情，托意遙深，得風人之旨焉。乙編錄存　吳天任老師所撰「學詩四講」，志飲水不忘其源並公諸同好也。近年先生目力稍遜，舉步提筆，難免障礙。惟於藝事尚勤懇不輟，持其志，復專其能。今時世風頹墮，斯爲足式者。先生粵之順德人，乃步武鄉賢，致力乎文教事業不稍懈，語云：「依於仁，游於藝，成於德」，然則，先生之文與行，蓋著明可見者歟！

甲申夏日徐錦榮謹識於香江

寢書樓詩詞

作者簡介

楊永漢先生，祖籍廣東海豐，一九五九年出生於香港。現任孔聖堂中學校長，兼樹仁大學助理教授。一九八二年年畢業於香港樹仁學院（今樹仁大學）中國文學及語言學系，旋入新亞研究所攻讀，得碩士、博士學位。一九九四年負笈英國洛定咸大學（University of Nottingham）進修教育學，一九九七年得碩士學位。其後再進修，獲香港大學碩士及北京師範大學博士學位。曾任教於香港城市大學、新亞研究所兼碩士生導師、澳門大學、樹仁大學及香港大學專業進修學院。著作包括《論晚明遼餉收支》、《虛構與史實》、《四知詩詞集》及多篇已刊研究論文等；爲《新亞論叢》、《全漢昇百歲誕辰紀念論文集》執行編輯。

自序

余學詩於順德潘師小磐先生。潘師，號餘菴，性格隨和，創作詩歌，信手拈來，自成一韻。潘師之名遐邇仰慕，吾得追隨左右，實快平生。師嘗命題作詩，博我以風雅之旨，傳我以賦比之巧，朝觴夕詠，晚唧晨吟，同硯相磨，至今仍懷思不已。每至師家，嘗示近作，指點關鍵之處，益增吾爲詩之興。詞學則追隨溫師中行，師字必復。其父溫肅，曾值南書房行走與大儒王國維同奉召。溫師儒雅，言辭幽默。或謂詞乃鍾情之作，寄意者，則枝葉盪而成諷，鵬鳥號而思遠；不遇者，則雙鳧一雁以喻己，惡鳥唼喋以比奸。情動而偏鬱郁，至於豪邁如東坡、稼軒者，另一蹊徑也。余每於閒暇，有感於日月遷逝，景變風雲，當花對酒，哀樂之餘，隨興而塡詞，亦人生快事。余家只可容膝，少年時，購書甚豐，惟置於床側，日夕與書爲伴，故號吾室「寢書樓」。某年遷家，得舊作詩詞數百，誦之果敝帚自珍，汗顏甚。故去百餘首濫情之作，只餘今貌。是爲序。

癸巳年初冬楊永漢識

寢書樓詩

少年詩草

少年詩草，乃寫於中學時代，屬少年時期偶爾觸景之作，亦為余之首作。時對聲韻、對仗等全無認識，僅少年情懷之吉光片羽而矣。

乙卯夜，為前途惆悵，同窗袂別在即，心煩亂草。數易稿。

（一）

三更眠不就，窗外處處秋。聊眼三千里，觸起萬般愁。

（二）

別離送君程，蟬兒哀我聲。再哭腸斷處，處處斷我情。

（三）

落花隨流水，夢闌心傍徨。歲月從雲去，惆悵路茫茫。往日恨和怨，於今獨自翔。萬里無顏色，寒風吹薄裳。

（四）

兩盞美酒在，佳人別處歌。一闋離別苦，從此獨揚波。我思魂斷處，應是太情多。何字最難描，愛字費磋跎。

贈清妹　丁巳年

紙扇相遺君，以伴朝與昏。相思何須道，且看淚痕深。

己未清明

荒塚茫茫煙杳杳，朝暉一抹影人斜。紙灰飛作銀蝴蝶，幻似尋人笑面花。

贈瑞霞同窗

委身文翰求生界，欲出囹圄八苦深。不慕石崇錢千萬，且羡陶潛五斗心。無才偏爲世間用，懷志空餘一悲音。落魄路逢故友人，莫笑藍縷垢衣身。

風雨登樓　庚申年

信步鬧市中，忽逢風雨霎。轉身入高樓，憑欄眺景色。狂雨濕我襟，身亦受風役。
人生抱艱難，世事總是逆。對景情難排，唏噓復嘆息。惟求雨和風，託言歸故邑。
今羈此洋場，豈甘富貴逼。若能破樊籠，當思回舊域。玉體應自憐，免我苦相憶。
流潦泛縱橫，疏樹聲淅瀝。不如歸去來，減我心悲戚。風兮更雨兮，相思何時極？

文革感賦　寫於文革後三年，改革開放後一年。

（一）

立新破舊只餘悲，紅衛洗城血濺霏。望斷神州惟冷笑，何時馳騁再尋梅？

（二）

浩劫連綿淚亦長，紅陽衆醉獨餘狂。浮雲切切歸鄉意，無刺秋風吹斷腸。

長城

仰首長城頂，臨邊覓舊戈。氣壯河山麗，能頌幾回歌？

尋菊

冷露凝香芳草傍，尋來三徑著花新。千秋彭澤今何去，把酒東籬有幾人。

良夜懷人

清夜長唧唧，低徊獨自悲。絲蘿終他託，從此不展眉。相思何日極？日日憶芳儀。
醉鄉能會汝，終生酒為期。長淚頻呼爾，惘然失所居。今夕更何夕？共此良夜時。
思思復思思，癡癡復癡癡。

讀史有感

（一）

浩氣始終瀰六合，拚將骨肉送狼牙。此心當付江流水，湧作猖狂片片花。

（二）

汗青隱隱血漣漣，相斫無疑命草菅。九鼎縱提金殿立，衆臣皆伏我昂然。

贈同窗

（一）

白日浮滄海，風迴萬里長。欄杆惟獨倚，總是惹情傷。

（二）

春痕猶未了，已覺臘冬來。時逝乾坤內，傷心照鏡臺。

（三）

不適涼風解，憂愁夜月傾。欲持卮酒謝，共醉晚山清。

憶同窗

雁過金風急，蒼茫野外遊。登樓思總角，擊楫逐飛鷗。濁酒惟孤酌，清歌孰並酬？
忽然臨舊地，無處可排愁。

暮春山清庚申年

黛鴉翠鳥碧岑鳴，煙鎖春山曲澗征。苔砌錢青剛雨過，梅林葉綠山陰成。怕逢過客
咨名利，久欲藏名避砥兵。步入芳叢花亂眼，卻尋歸路暗香盈。

渡海

一舸天地闊，控舷海中催。我似孤蓬盪，風憐寂寞來。落霞無盡意，雪浪訴餘哀。
江水從今去，何時再轉回。

悼胡欣平老師　一九八〇年七月五日追悼會

杏壇師忽邈，夜盡夢闌珊。家國長吟恨，新亭細唱酸。清流迴世濁，剛魄逼人寒。
慷慨歌相詠，懷鄉淚獨彈。孝親情熱赤，育幼憫凝丹。酒罷嗤狼藉，肴佳思聚餐。
精魂消索易，秀骨傲霜難。筆勢黃河浪，文章翠谷蘭。寸心瀰寂靜，四野泛狂瀾。
志向三川疾，胸襟萬里寬。焚詩隨野馬，伴爾到仙壇。

留英贈內子

（一）

夢也無憑鸞鏡舞，青氈悵立背秋風。今年隻手天涯路，何處靈犀暗可通。

（二）

我頻寤夢思雲鬢，愛把眉梢畫遠長。綺席鶴觴張敞遠，芬菲香撲更神傷。

（三）

淚眼憐花難解語，欲題紅葉竟成灰。天寒地冷都不管，誓把蓮心細細栽。

留英詩草

洛定咸校園

清風綠草編如織，長夜思量廚裡人。誰似一身零落態？偏憐孤樹立荒林。

宿舍閒坐

舊愁未去新愁上，夜夜相思忍淚漣。默禱青君乘我便，因風送語到窗前。

夜歸

夜歸惆悵臨幽徑，褪色香魂只斷腸。悄立階前頻望月，爲伊憔悴幾回傷。

校園春景

清芬疏雨斷人魂，掩映芳菲影月昏。一夜溫柔揮不去，餘香無奈尚留襟。

幽香風送竹簾寒，瘦影瀝思覓句難。此地蘋花梨葉舞，何如窗外一枝繁？

長日留宿舍

徹夜繞樑聲漫漫，隔窗鵲噪近朝陽。唧唧不休松鼠語，千鳥歸林樹數行。

遊平原

黃氍盡處銀盆現，傾倒流光染一襟。欲持醉眼觀人世，大塊原來可共吟。

威爾斯海岸

長灘十里飛鷗怒，浪尖粼光湧不停。岸幘披襟狂叫海，龍王洗耳細徐聆。
嚇破鷗鷹崩巖石，猶疑桅櫓怕成灰。敢將隻手推前浪，洶湧潮流撲上來。

上課遇霧

沒入林中迷霧處，乍疑王母落瑤臺。驟聽雙成歌五褲，天安門外幾徘徊。

洛定咸森林遇雨

擎天樹木羅賓漢，霧集身寒四野煙。且把狂狷成底線，漫天風雨思悠然。

小街雪景

無端皚皚窗欞積，履踏寒風口裡煙。幾處商燈人跡杳，偶傳耶誕妙詩篇。

二千年有感

清暉流素月，光影襲來人。信步霓虹內，總惹一身塵。

清明懷師 癸未年清明後數日

黯然惟別矣，此日意闌珊。艱苦道傳切，憐愚訓語繁。精魂何處是，瘦骨敵霜難。五濁浮沉倦，長思清杳壇。

宴罷夜行

（一）

車光撩眼影，風過一襟清。杯盡愁還滿，牽衣看月明。

（二）

悄立無人管，霓虹照影憐。我歌誰起舞，長夜淚續漣。

（三）

飲罷千杯酒，狂揮一段情。可憐經鑄骨，從此永留形。

言志

天地何寥寂，輕雷一地驚。風狂猶聽雨，浪濁且浮生。仗劍平胥害，依仁睥魆獰。指點江山處，推犁盡日營。

戊子年生辰翌日，年已知命，內子勉余以詩記意，想德業無進，學養寸行，日居月諸，實有愧於心，詩云

浮漚鏡夢人紛沓，天地寥遙寄一程。回首忽然諳五十　也驚風雨也希晴。

賀偉佳兄五十華誕

蘇辛是友阮劉朋，醉數桃枝舞落英。一曲無端傳錦瑟，幾回伐木頌嚶鳴。南圖鵬鳥青雲向，迷路漁人粉黛程。千丈紅塵游五十，舉杯飲罷續營營。

附：偉佳兄贈詩賀五十生日

五十年華歎錦瑟，有涯曉夢枉多情。千禧管鮑懷濟世，快意閒時會劉伶。

辛卯中秋夜二首

銀鏡鯨波天海舞，微霜鬢染桂枝香。杯空就醉情還熾，笑敵愁腸任酒量。

輕狂年少幾杯酒，有淚長歌笑醉翁。我若情癡經醉死，幸餘蝶夢誦莊公。

癸巳年新春，醉眼看月明海浪，一番心事，無由説起，賦詩二首以寄意。

醁蟻盈觴三祝酒，東君飲罷戽天心。恆將美酒流江海，祝願黎民共此杯。

行遍風霜始惜暖，不除蛛網只關情。尋花逐月香猶在，回首身旁是落英。

癸巳中秋感賦四首

月華一碧洗如練，我浴銀光卻拜塵。環伺天孫皆抃舞，那管披裘更負薪。
振翮搏風飛皓月，雲端竟遇老蘇翁。終宵狂飲千回醉，涸轍游魚未怕窮。
嫦娥寂寞逢佳客，纖手殷勤侍酒茶。我與吳剛搖玉桂，香風但願遍天涯。
瓊樓朱箔玉欄杆，催醉香醇怯酒寒。今日飛身離玉兔，壺飧瓢飲也身安。

秋夜夢李白

濁浪排空三萬丈，上窮碧落逐青蓮。騎龍飛越九重天，亢氐尾心躍步連。彎身直奔昴畢宿，向眼長庚誦詩篇。果逢謫仙白帝子，手捋長髯立雲顛。停杯但問今何世，倏忽已然千三年。慕君詩才凌日月，羨君言諾輕五巔。欣喜喧呼逢李白，怎不狂飲復開筵？蟠桃奉上雙成責，白墮調觴不敢眠！酟醑醍醐飲復飲，椒漿香蟻嘴角漣。君歌將進酒，我續蜀道難。歌時風雨默，唱罷天地瀾。提毫疾筆如煙事，書罷雙瞳淚涓涓。銷魂不在酒，長夜歎凋零。咄！嗤！噓！前世今世崎嶇路，山上地上峰巒盤。詩成鬼神動，大地也含酸。問君何事仍悲切，披襟仰首立雕欄。蜀道難兮人間天上路漫漫！將進酒兮巉巖得意死杯端！不爲明日苦，今夜盡君歡。

仰秋瑾像

辛卯春，初臨西湖，遊人如鯽，只西泠橋畔，秋瑾先生像前，清冷風迴。余年少已喜先生詩及為人，嘗恨生不同時。仰望良久，忽思帝制至共和，賢者烈士，前仆後繼，烈血蔽天，屍骨盈野。然殘賊無恥之輩，卻不絕於史。後成詩一首，因用辭偏激，有失詩教，故藏之抽屜。歲杪，偶翻舊作，竟淚流不已，因之，略改數辭以存。

秋風秋雨愁煞人，聞君此語更銷魂。少小不分求解放，青春有夢可競雄。官蠹豺狼爭吮血，八國侵凌掠奪窮。無端吾民成雞犬，仰首蒼穹只煙硝，手持玉劍衡日月，不隨暖意任風搖。一聲珍重血流熱，拚擲頭顱任火燒。哀我京城成盜藪，哀我長城幾度焚，哀我諸黎不是人。斯時斯國斯人也，豈甘受辱不還呻。斯時斯國斯人也，豈有旁觀不成仁。國喪國恥縈胸膈，披上兜鍪誓斬鯨。典盡釵環求學問，凌波萬里赴蓬瀛。同學爭鋒輸國體，首燃義幟贊同盟。白話女報開風氣，大通師範創潮流。革命要死先灑血，潑向山河開自由。死則死矣留剛魄，生不生兮甘斷頭。軒亭碧血凝炙手，好暖春泥護九州。

壯哉女俠，悲哉秋瑾，細誦君詩忙拭淚，淚罷開卷聲咽震。今飲鑑湖酒，長憶鑑湖人。西湖四野尋烈骨，癲狂文革痛成塵。臨風酹酒招魂返，好在尊前舞劍狂。三杯濁酒黃泉路，與君隔代醉茫茫。一腔熱血仍珍重，低首沉吟獨徘徊。百年有幸能相遇，自當執竿死相陪。西泠橋畔風長舞，長揖英雄巾幗身。君如有知應流淚，君血果使大地新。西湖依舊風和月，秋風秋雨愁煞人。

寢書樓詞

醉花陰 步李清照韻 閒坐洛定咸宿舍

舒卷低吟消永晝，簾外驚松獸。放眼盡斜陽，一醉千愁，長夜傷心透。
解憂無奈三杯後，何以淚盈袖？露重更寒風，夢醒披衣，那堪人月瘦！

攤破浣溪紗 贈香港大學社工系呂導師

濃酒濃情倚玉樓，欄杆拍遍醉仍憂。雲影天光誰願識，獨凝眸。
濁裡清流迴不定，寒風巨浪只孤舟。憐惜大千如火宅，萬千愁。

臨江仙

碧海瑤臺無覓處？雨聲淚滴天明。幾番狂飲欲忘情！醉鄉何處是，陌路又逢卿。
方信相思人漸瘦，低顰淺笑愁成。拚開肺腑訴平生，窗前輕私語，今夜夢頻縈。

醉梅花

幽香細屑繞重樓，一詩一酒憶溫柔。緣何此夜又成恨？拍盡欄杆淚始流。心相託，夢難籌，冰魂再莫向郎羞！願君記取燈前誓，日日相思到白頭。

望江南二首

悠悠恨，咫尺隔簾櫳。夜半披衣和淚笑，巫山隱隱意朦朦，魂盪水雲中。苦相憶，無語立西風。惆悵陳王迷洛水，凌波送暖太匆匆，握枕夢相逢。

水龍吟　辛卯中秋興懷

中秋夜，興懷忽熾，仰首皓月，飛鏡徐行，晚影人家，千燈萬户，無端惆悵。是歲夫妻銀婚，念縱有愁緒縈累，能與妻攜手共渡良夜，倚欄觀海，醉臥望天，感而賦：

廣寒盈夜銀光，綺樓晶罣飄芬澈。十分秋色，五分明月，三分凝翠，惆悵兩分。手搖玉樹，桂香輕墜，擲吳剛飛鏡。愁腸低躺，千杯酒，淋漓醉。
何處天孫可寄？暗銷魂，是姮娥臂！千燈萬戶，魚龍亂舞，醇醪傳意。天上微霜，
忽留兩鬢。佳人嫵媚，縱千生百世，雙雙攜手，笑離人淚。

附錄一　孔聖堂小記

溯自清季以還，外患日亟，政局動盪，尋而辛亥革命，內地多故，舊學宿儒，頗有寓居香港者，奮然以國故以挽世道人心爲念，是以孔教團體如孔聖會、中華聖教總會、孔教學院等先後興焉，與各地孔教組織互爲倡和。孔聖堂之興建，首先在民國十七年（1928），由曾富先生建議，並由簡孔昭先生捐贈十二萬多方呎土地興堂址，其初意爲仿內地文廟之制，建大成殿以奉孔子四配十二哲、兩廡先賢及櫺星門、泮池等以爲海濱鄒魯，正人心而厚風俗。然後以事局變動，世界經濟不景，原議不克。但一衆志士如盧湘父、雷蔭蓀諸君仍努力不懈，尤以簡孔昭先生以其先父之名義慨捐款項築成孔聖講堂以爲儒學講習之所。

講堂坐南朝北，樓高三層，堂內並設圖書館及辦公室，禮堂則高二層。講堂之瓦頂及雕花皆本山東曲阜孔廟爲藍本。民國二十四年（1935）十二月十日正式開幕，紳商名流，親歷其盛。

附錄二　孔聖堂宣學史略

孔聖會在大坑書館街十二號的孔聖會小學校址，原由當地熱心居民朱洪銓及刁振雲先生捐獻，由劉鑄伯會長接收辦理義學，但於香港淪陷後，校舍被毀。其後孔聖會成員也多加入孔聖堂。孔聖堂位於加路連山道，依山建築爲宮殿式，有大禮堂花園及運動場，於一九二八年由華商曾富先生倡議建孔聖堂，故孔聖堂不是一個禮堂，而是一個孔教團體組織，堂會成員簡孔昭與大狀曹允善議捐地段十二萬英方尺爲堂址，曾富、葉蘭泉、雷蔭蓀、盧湘父、馮其焯、區廉泉、鄧肇堅、劉星昶、譚紹康、周竣年、羅文錦、顏成坤、何東等募捐，擬集款二十萬元，由周壽臣負責成立籌備委員會及統籌運用建築費，初只籌得經費半數，大殿兩廡無力建築，蓋孔聖講堂的建立，將「可以公同祝聖於一堂，感情聯而觀瞻亦壯」，「凡我僑胞群往參聽，以引其趣而培其根」，會友聚習一地便能夠培植孔孟之道，更希望藉建立講堂，達至「扶大雅以重斯文，表同情而匡盛舉，……物阜民康，化行俗美，行見海濱鄒魯，遠紹述聖人治世之深心」，「可以爲集中之地點，孔教之前途，殊可樂觀也」，使孔道自北南下，傳播於香海，藉弘道以濟時人不雅訓，終達至弘揚孔教的前途；及後，孔昭以先考朗山公名義，捐建孔聖講堂一座，又立藏書樓，其組織分爲六部：遊藝部、出版部、圖書部、財政部、文書部、演講部。各部有正副主任及委員多人，分工合作。講堂成立後，座位可容千百人，報刊也稱：「香港孔教之建築物，以此爲最宏偉」，又延講師宣講，並由雷蔭蓀等人倡設兒童健康院，延請朱汝珍太史爲院長，唐應鏗爲副院長，免收學費，且供食宿，大成殿仿孔廟兩廡欞星門泮水池，仿省會文廟的規模，其後孔聖堂屬下立孔道促進會，每星期舉行演講會。港英政府也因孔聖堂籌辦學的成功，曾欲建議資助一萬元給孔聖會，以助推動教學活動。一九三五年，曹善允爲首任會長，抗戰時，由雷蔭蓀任會長，乃至一九四六年由黃錫祺任會長，一九五三年爲楊永康任會長，一九六〇年由許讓成任會長，至一九八二年，由張威麟任會長。同時，因孔聖堂發展於此階段，已擁有固定的講堂及校舍，發展在一九三五年更具規模，更有《（孔聖堂）宣言》刊載，於此可見此會成立原因，其云：居今之世，道德淪胥，人心陷溺，有心世道，莫不惄然憂之，有識之士，均以非提倡孔道，無以挽既倒之狂瀾，使民衆得以日趨正軌。孔聖堂的成立，主要是藉弘揚孔道，以建立一套社會秩序，故爲求「提倡孔道，非建築一宏偉孔聖堂，無以使民衆知所衿式」，而富商簡孔昭、李亦梅、陳恭受、何世耀、劉毓雲等先生，港大校董及律師曹善允博士等賢士捐助，更向港英政府要求永遠免地稅，每年只繳地稅銀一元。

三十年代，孔聖堂更舉辦多次大型新文學講座及紀念活動，如舉辦紀念反對讀經的魯迅，及歌頌新文學的講座，也有由許地山致開會辭，說明魯迅六十誕辰的意義，並邀請蕭紅報告魯迅的傳略，也有李景波演《阿Q正傳》等，一九四八年孔聖堂內舉辦紀念五四運動座談會，郭沫若在此地進行演講。可見孔聖堂內不獨舉辦研讀傳統四書的研習班及講座，也舉辦有關新文學的活動，達致傳播新舊文化的目的。

資料來源：區志堅：闡揚聖道，息邪距詖：香港尊孔活動初探（1909～今）

網址：international.confuciusglobal.com/index.php?option=com_content（2013年9月17日）

孔聖講堂建立後，即積極拓展各類儒學推廣活動，曾先後舉辦週末學術講座、國學研習班，延請通學碩儒牟宗三、錢穆、羅香林、唐君毅、蘇文擢、饒宗頤等諸君子主講，嘉惠士林。中學復開辦讀經班及週會講道，刊印孔道季刊及設辦弓箭班、國術班等，以宏揚孔學之全人教育宗旨。講堂亦對外開放，在二次大戰前爲本港唯一開放的公衆會堂。一些著名的新文學人物如郭沫若、茅盾、蕭紅等亦曾在本堂演講，充分反映講堂道並行而不相悖的開放精神。

附錄三　孔聖堂記事

一九二八年創立孔聖堂

香港乃南北內外出入必經之路，華商雲集之地，曾富君與簡孔昭君認爲提倡孔道，以正人心，故設講堂宣揚聖道。簡君慨然捐出加路連山道十二萬平方尺吉地爲孔聖堂堂址，發起創立孔聖堂。

一九三五年十二月十日孔聖講堂正式開幕

一九二八年，曾富君與簡孔昭君發起召集同志達百餘人，推舉十一位籌備員籌建孔聖堂。翌年，召開同人大會，當席舉出周壽臣、羅旭和、曹善允、周俊年四位爲孔聖堂主席團，葉蘭泉爲司理，値理數百名，前後約收捐款八萬餘元。施工期間，工人認爲須先將地段全盤塡築穩固，其後又發現其中約有數十丈圍牆萬分危險，須將該地腳掘至百餘尺深，用英泥石矢塡築堅固以厚其基礎，才可興建會堂。但是，待基礎已固，存款已不過三千餘元，欲建孔聖大殿而款項無著。簡孔昭君承其先君朗山公遺志，獨自出資建築全座孔聖講堂，贈予孔聖堂，共用港幣五萬七千餘元。

孔聖講堂樓高達三層，內有樓高兩層之大禮堂，可容千人，堂門頭上小閣爲藏書樓，堂外小樓爲議事室，講堂之瓦頂雕花皆本山東曲阜孔廟爲藍本。開幕當日華民政務司史美親臨主禮，紳商名流，親歷其盛。

一九三六年開種樹會

由各董事手植，樹下木牌，以記年月及種者姓名，稱泮林。

戰前辦兒童健康院

一九三九年，由雷蔭蓀等倡辦兒童健康院，朱汝珍太史爲院長，唐應鏗副之。兒童健康院免收學費，且供食宿，講求營養，誠能實惠及人，行之二年，後因戰禍而停辦。

戰後辦大成中學

一九四九～五〇年，雷蔭蓀創辦大成中學出任司理，與孔教學院所辦之大成小學相銜接，雷蔭蓀並長兩校，辦理三年，後因年老退休，由楊永康會長接辦。

一九五三年大成中學更名為孔聖堂中學

一九五二～一九五九年楊永康任會長，設孔聖堂讀經班、週會講道、週末國學講座、孔道季刊、學生作文比賽

讀經班：參加學生約四、五十人，多至六十餘人，每週上課兩小時，專人講解，以論語爲課本，講解務求淺白，適合一般學生程度，並訂有獎勵計劃，考績八十分以上、操行甲等之首列四名學生，酌給予免費及半免費一學段等。

週會講道：中學週會均由宣道委員輪值主持作專題講話，以加強學子對孔道之認識，爲將來立身處世之基礎。

週末國學講座：每次約有數百人參加，廣聘名儒學者主講，最先原在孔聖講堂舉行，後爲便利聽衆，乃租賃大會堂演講室舉行。

孔道季刊：一九五七年創刊，約二十期，每期貳千伍百本，分別寄贈世界各僑團，以宣聖道，索取者衆，頗受各界歡迎。

發動世界各地尊孔團體召開國際孔學會議，成立「孔學總會」，並申請加入聯合國協會組織，使孔學成為一國際性團體

一九五八年二月，孔聖堂第五屆第二次常委會議通過林仁超君提議，爲喚起世界人士實踐孔道，鼓勵各地熱心孔道之士籌組孔學團體案。此消息在報上發表後，獲各方面響應，其中越南孔學會更與臺灣、日本、韓國孔學團體會晤，主張推進孔道國際化運動。

一九六一年制訂香港孔聖堂各股辦事細則、教育委員會組織綱要、宣道委員會組織綱要、孔聖堂中學校董會組織綱要、孔聖堂中學辦事細則

一九六四年孔聖堂中學新校舍動工，一九六五年正式啓用

慶祝孔聖誕、孟誕

自五十年代始，每年與孔教團體聯合慶祝孔聖誕及孟誕，直至一九九一年停辦。

慶祝父母親節

自七十年代起與孔聖會聯合舉行慶祝父親節和母親節，選舉模範母親，藉以提倡孝道，改善社會風氣，至八十年代末始停辦。

設立國學研習班

自一九七六年十月十七日第一屆國學研習班開學，至一九八八年共辦八屆。學生於每週末到孔聖堂中學上課，初定一學年爲一屆，後改兩學年爲一屆，聘國學宿儒主講，課程分爲易經、禮記、論語、孟子等。

設中英文翻譯班

自一九七八年至一九八八年共辦七屆中英文翻譯班，學生於每週末在孔聖堂中學上課，聘請著名學者主講，由已退休之港府高級翻譯官沈瑞裕先生等主持，培育翻譯人材，以濟時用。

公開舉辦徵文詩詞比賽

爲發揚中國傳統文化，提高中文寫作興趣，公開舉辦徵文詩詞比賽。自一九七七年至一九八八年共舉辦十一屆。

出版孔道專刊年刊

一九七七年十月九日出版首期孔道專刊，以後每年一期，共出版十八期，於一九九六年後停版。

一九七八年五月七~九日舉辦孔聖堂中小學開放日

在中學舉辦國術班、國語班、書畫班

八十年代，張威麟會長以張觀鳳基金名義撥捐，舉辦國術班、國語班、書畫班，至八十年代末停辦。

一九八五年孔聖堂五十周年年慶建造孔子像、書劍軒、觀鳳亭

一九九一年孔聖堂中學新校舍落成啓用

二〇〇〇年蒙許讓成基金贊助，創辦中國書畫班

每年學員約有一百多人研習中國書畫和國學。書畫班曾多次假大會堂和中央圖書館舉行書畫展，展出非常成功，深受社會各界讚賞。書畫班至今仍繼續舉辦。

附錄四　孔聖堂中學歷任校監簡介

楊永康先生	許讓成先生	張威麟先生
首任校監（1953-1960）	第二任校監（1960-1981）	第三任校監（1982-1996）
一九五三年，雷蔭蓀會長退休，楊永康先生接長孔聖堂，並於七月接辦大成中學，易名「孔聖堂中學」，出任校監一職。註冊爲非牟利中、小學，校舍設於孔聖講堂內。爲擴展學舍，楊校監於一九五七年成立建校委員會。因地契問題，擴建校舍每多波折。楊校監多方籌劃勸捐，並撰文推廣。一九六〇年，由許讓成先生接任，繼續與政府斡旋。	廣東惠陽人。年輕時曾當海員，後投資經商。逐漸致富。六十年代初，其業務多元化，初投資地產及股票，相繼擁有新樂酒店、樂斯酒店及新新百貨公司等。所建百樂酒店，爲當時第一流高級大酒店。曾擔任過九龍總商會監事長、香港崇正總會會長、孔聖堂會長及惠陽商會理事長。對推廣儒學，可謂盡心盡力，一九六〇年，任孔聖堂會長，圖建新校，多方奔走，始告解決。一九六四年起，興建新校，並捐資港幣五十萬元以輔。孔聖堂中學之建成，實賴許老先生之捐助及籌措。一九八一年卒於任。	一九八二年繼任香港孔聖堂會長兼中學校監，乃著名孔學及儒家思想權威。他有感於責無旁貸，曾周遊列國，足跡遍及南北美洲、歐、亞、非及澳洲各地，倡行儒學。首先於一九七九年創辦香港孔學出版社，八五年再開設新加坡孔學出版社及九五年增設加拿大孔學出版社。並出版不同文字經典，以供外國人研究。一九七〇年膺十大傑出青年。

岑才生先生	許耀君醫生
第四任校監 （1997-2008）	第五任校監 （2009-現在）
現爲香港報業公會名譽主席，世界中文報業協會顧問。曾任《華僑日報》督印人、香港報業公會主席、世界中文報業協會主席及委員。岑才生先生現仍身兼多項公務，包括香港中文大學聯合書院校董會主席、香港公益金副贊助人、香港紅十字會顧問委員會委員、香港四邑工商總會榮譽會長、以及香港賽馬會助學金副主席。岑先生亦曾任市政局議員及東區區議會主席。他現爲華僑置業集團有限公司及華順置業有限公司主席，早年畢業於美國紐約大學，取得經濟學碩士學位。獲英帝國官佐勳章及香港特別行政區銀紫荊星章。	本港傑出企業家，現任讓成置業有限公司永遠董事及許讓成紀念基金有限公司董事總經理。許醫生於加拿大攻讀醫科，並於彼邦懸壺濟世。一九八一年回港主理家族生意。歷年來，許醫生及其家族一直慷慨支持中大及新亞書院，捐助多項建設，包括許氏文化館、新亞會議廳、錢穆圖書館職員閱讀室及新亞網球場等，並資助發展多項獎學金及交流計劃。二〇〇三年年起擔任新亞書院校董至今。

國家圖書館出版品預行編目(CIP)資料

孔聖堂詩詞集 / 梁隱盦, 關應良,
麥友雲等著. -- 初版. -- 臺北
市 : 萬卷樓, 2013.12
面 ;　公分
ISBN 978-957-739-841-3(平裝)

831.86　　102025070

孔聖堂詩詞集

2013 年 12 月 初版 平裝

ISBN 978-957-739-841-3　　定價：新台幣 400 元

主　編　楊永漢
發行人　陳滿銘
總編輯　陳滿銘
副總編輯　張晏瑞
責任編輯　游依玲
編　輯　吳家嘉
編輯助理　楊子葳
封面設計　斐類設計工作室

出版者　萬卷樓圖書股份有限公司
編輯部　臺北市羅斯福路二段 41 號 9 樓之 4
電話　02-23216565
傳真　02-23218698
電郵　editor@wanjuan.com.tw
發行所　臺北市羅斯福路二段 41 號 6 樓之 3
電話　02-23216565
傳真　02-23944113
印刷者　中茂分色製版印刷事業股份有限公司

新聞局出版事業登記證局版臺業字第 5655 號

網路書店　www.wanjuan.com.tw
劃撥帳號　15624015